月を見つけたチャウラ　ピランデッロ短篇集

ピランデッロ

関口英子訳

kobunsha
classics

光文社

Title : CIÀULA SCOPRE LA LUNA
1912
Author : Luigi Pirandello

『月を見つけたチャウラ——ピランデッロ短篇集』　目次

1 月を見つけたチャウラ 9
2 パッリーノとミミ 25
3 ミッツァロのカラス 51
4 ひと吹き 63
5 甕 93
6 手押し車 117
7 使徒書簡朗誦係 137
8 貼りついた死 155
9 紙の世界 173

10 自力で 193
11 すりかえられた赤ん坊 211
12 登場人物の悲劇 223
13 笑う男 241
14 フローラ夫人とその娘婿のポンツァ氏 257
15 ある一日 277

解説 関口 英子 291
年譜 316
訳者あとがき 319

月を見つけたチャウラ

1

月を見つけたチャウラ

Ciàula scopre la luna

その晩、採掘工たちは、翌日の炉を満たすのにじゅうぶんな硫黄鉱石がまだ掘れていないというのに、仕事を終わりにしたがった。現場監督のカッチャガッリーナは拳銃を握りしめ、烈《はげ》しい剣幕で坑道の出口に立ちふさがり、採掘工が外に出るのを阻んだ。

「まったく……このろくでなし……全員もどれ！　みんな採掘場におりるんだ！　血を吐いてでも、夜明けまで働け。さもないと、撃つぞ！」

「バーン！」一人が坑道の奥で声をあげた。「バーン！」数人の採掘工があとに続いた。そして、笑い声、悪態、嘲《あざけ》るような怒声とともに、採掘工たちは勢いよく突進し、肘鉄《ひじてつ》をくらわせたり、体当たりしながら、力ずくでその場を突破した。一人をのぞいて。残されたのは誰かというと、スカルダ爺さんだ。ご存じのとおり、哀れにも片目が不自由なスカルダ爺さんが相手なら、カッチャガッリーナも思うぞんぶん威張りちらすことができるのだった。おお、神よ。なんと恐ろしいことだろう！　さながらライオンのように襲いかかり、胸ぐらをつかみ、ほかの採掘工たちの胸ぐらもつかんでいるかの勢いで揺さぶりながら、怒りにまかせて顔面に怒鳴りつけた。

「全員、中に戻れと言ってるんだ、このならず者どもめ！　さあ、採掘場までおりろ！　さもないと、皆殺しにしてやるぞ！」

スカルダ爺さんは、おとなしく揺さぶられるままになっていた。この哀れな紳士にだって、憂さを晴らす必要があるだろう。だとすれば、自分に当たるのが自然の摂理というものだ。もう齢《とし》も齢だし、楯突《たてつ》くことなく、その役に甘んじることができた。とはいえ、そんな彼にも自分より立場の弱い者がいて、あとで憂さを晴らすことができるのだった。彼のもとで見習いをしているチャウラだ。

ほかの採掘工たちはといえば……ほら、コミティーニの町へと続く向こうの道を、笑い、わめきながら遠ざかっていく。

「いいぞ、カッチャガッリーナ！　せいぜいそいつを捕まえておくんだな！　爺さんなら、明日までに炉をいっぱいにしてくれるだろうよ！」

「若い奴らは！」スカルダ爺さんは諦観し、やつれた笑みを浮かべ、カッチャガッリーナに向かって嘆息した。

そして、あいかわらず胸ぐらをつかまれたまま、頭を片側にかしげ、逆方向に下唇をひん曲げると、なにかを待つように、その格好でしばらくじっとしていた。

そのしかめっ面は、カッチャガッリーナに向けられたものなのか。はたまた、行ってしまった仲間たちの若さを揶揄《やゆ》するものなのだろうか。

たしかに、あたりがひっそりと静まり返るなか、彼らの浮かれ騒ぎだけが、若者特有のむこうみずな野望だけが、不協和音を放っていた。地下の採掘場の過酷な暗闇によって表情をほとんど失ってしまった彼らの険しい顔つきや、日々の重労働に酷使された肉体、そして破れた服からは、硫黄分のせいで無数の巨大な蟻《あり》の巣のように穴があき、草が一本も生えない土地の、青ざめた侘《わび》しさが感じられるのだった。

だが、スカルダ爺さんがそんなけったいな表情のまま動かずにいたのは、仲間を揶揄するためでも、カッチャガッリーナに対するしかめっ面でもない。彼の残された目、つまりよいほうの目からときおり流れ落ちる大粒の涙を、なんとかしてそっと口へ流しこもうとするときに浮かべる、おさだまりの表情だったのだ。

スカルダ爺さんは、そのかすかな塩の味がお気に入りで、たとえ一粒たりとも流した涙を無駄にすることはなかった。

ごくわずかな量だ。ほんのときおり、一粒だけ。それでも、あの地下二百メートル以上もある深淵に放り込まれ、朝から晩までつるはしを手に穴を掘っていると、つるはしをふりおろすごとに、胸の奥から怒りの唸《うな》りのようなものがこみあげ、スカルダ爺さんは、いつだって口がからからに渇いてしまう。そのため、たまに流れ落ちる涙は、彼の口にとって、刻み煙草が鼻に効くのにも匹敵する効果があった。

快楽と安らぎ。

目に涙がたまったのを感じると、彼はしばしつるはしを置く。そして、地獄のような洞窟の暗闇のそこかしこにある硫黄の岩石や、杭やつるはしの鋼を照らし出す、岩の隙間に挿したカンテラの赤く煙たい炎を見つめながら、頭を片側にかしげ、下唇をひん曲げると、これまで流れ落ちた涙によって刻まれた皺《しわ》を伝って、新たな粒がゆっくりとこぼれ落ちるのを待つのだった。

ほかの仲間たちには、煙草好きやワイン好きがいるが、彼にとっては涙が最高の嗜好品だった。

涙が出るのは涙嚢《るいのう》の炎症によるものであり、悲しみのためではない。ただし、スカルダ爺さんは、四年前の鉱山爆発で一人息子を亡くした時の悲しみの涙も飲んだのだった。あとには七人の幼子と嫁が遺《のこ》され、スカルダ爺さんが養わなければならなかった。いまでも、ときおりほかよりも塩辛い涙が混じることがある。そんな涙を口にしたとたん、スカルダ爺さんはぶるぶるっと頭をふり、息子の名前をつぶやくのだ。

「カリッキオ……」

息子を亡くし、そのおなじ爆発で片目を失ったことへの配慮から、爺さんはいまだにそこで働かせてもらっていた。若い作業員よりも長時間働き、腕もよかったが、毎週土曜の晩には、ほとんどお情け同然の給料しかもらえなかった。爺さんも、それを施しでも受けるように受けとっていた。その証拠に、給料をポケットにしまいながら、まるで恥じ入るように小声で言うのだった。

「どうか、神のご加護がありますように」

というのも、ふつう彼の齢ともなると、もはやまともに働けないものとみなされていたからだ。

カッチャガッリーナはようやくスカルダ爺さんの胸ぐらを放し、残って夜通し働くように何人かを説得するため、ほかの採掘工たちを追いかけた。そこでスカルダ爺さんは、村にもどる連中の一人に、自分は鉱山に残るから心配するな、待っている必要もないと、せめて家の者に伝えてはくれまいかと懇願した。それから、見習い作業員を呼ぼうとあたりを見わたした。見習いといっても三十は優に超えている（とはいえ、ずいぶんと頭が足りなかったので、七歳だろうが七十歳だろうがおなじことだ）。爺さんは、調教したカラスを呼ぶのとおなじ声色で見習いを呼んだ。

「テ、パ、テ、パ」

チャウラは、村に帰ろうと服を着替えているところだった。

チャウラにとって服を着替えるとは、なによりシャツを脱ぐことを意味していた。シャツというより、かつてはおそらくシャツだったと思われる、仕事のあいだに唯一身につけている〝衣類〟と呼べなくもないものだ。そのシャツを脱ぐと、肋骨《ろっこつ》を一本いっぽん数えられそうな上半身に、直接、丈の長いぶかぶかのベストを羽織る。施し物であるこのベスト、以前は最高級の優雅な品だったにちがいない（いまでは汚れがこびりついてごわごわとなり、地面に置けば、そのまま直立しているほどだった）。チャウラは、ばかていねいに六つのボタンをかけ――しかも、そのうちの三つはとれかけていた――、身につけたベストにうっとりと見惚《みと》れながら、両手で撫でていた。

いまだに、そのベストが自分には分不相応な、じつにしゃれた代物《しろもの》だと思っていたのだ。みじめに曲がったむきだしの両脚は、彼がベストに見惚れているあいだも、寒さのせいで青くなり、鳥肌が立っていた。仲間の誰かが彼の背中を押し、「なんてカッコいいんだ！」と、蹴飛ばしながら冷やかそうものなら、歯の欠けた口を扇のように両耳までひろげ、得意そうな笑みを浮かべたことだろう。それから、尻や膝に一つならず窓の開いたズボンをはいた。さらに、継ぎだらけの厚手の羊毛のオーバーに身を包み、素足で歩きだす。一歩ごとに「カー、カー」とカラスの鳴き声を見事に真似ながら（チャウラ〔方言でカラスのこと〕というあだ名がつけられたのは、そのせいだった）、村まで歩くのだ。

「カー、カー！」その晩も、親方に呼ばれたチャウラはそう答えると、生真面目にボタンをかけたベスト一枚の、裸同然の姿であらわれた。

「さあ、服を脱いでこい」スカルダ爺さんは、チャウラに言った。「もういちど、頭巾をかぶりシャツを着るんだ。今日、わしらのところに夜はめぐってこないと神がお決めになったらしい」

チャウラは息もつかずに、しばらく口をぽかんと開けたまま、ほうけた目でスカルダ爺さんの顔を見つめていたかと思うと、両手を腰に当て、苦悩のために鼻の頭に皺《しわ》を寄せながら伸びをして、こう言った。

「了解《ニャ・ボヌ》」

そして、ベストを脱ぎに行った。

疲労や眠気がたまってさえいなければ、夜通しの作業もたいして問題ではなかった。地下の採掘場はいつだって、夜とおなじに真っ暗なのだから。だが、それはスカルダ爺さんにしてみれば、ということだ。

チャウラにとっては勝手が異なった。チャウラは、額の頭巾の折り返し部分にオイルランプを挿し、担いだ荷の重みで首すじが押しつぶされそうになりながら、ところどころ踏み板の壊れた地下の滑りやすい急な階段を、上ったり下りたりしていた。上れば上るほど力がなくなり、息苦しくなる。一段ごとに、喉の奥から絞り出す呻《うめ》きのように例のカラスの鳴き真似をしながら、ようやく地上に到達し、そのたびに太陽の光を浴びた。最初はあまりの眩《まぶ》しさに目がくらむが、背負っていた荷から解放され、ふーっとため息を吐《つ》いた瞬間、見慣れたまわりの景色が目のなかに飛び込んでくる。するとチャウラは、息を弾ませたまま、しばらく景色を眺め、はっきりと自覚しないまでも、心が慰められるのを感じるのだった。

不思議にも、角ごとに死が待ち伏せしているような深い洞窟の泥まみれの暗闇に、チャウラが恐怖を感じることはなかった。カンテラの明かりによって坑道の内壁にとつぜん映しだされる、怪物のような影にも怯《おび》えなかったし、そこここの水たまりや硫黄泉に、赤茶けたものがだしぬけに映し出されても、動じなかった。いつだって自分の居場所を把握し、支えを探すために、手で鉱山の腸《はらわた》をまさぐっていた。まるで母の子宮の中にいるように、なにも見えない状態でも安心していられたのだ。

ところが、夜のむなしい暗闇は怖くてたまらなかった。

地中深く、あの、首を絞められたカラスのように苦しげな独特の鳴き真似をしながら、何度も往復する階段の先に待つ、ときおり溜息のように明かりが射しこむ昼間の暗闇には慣れていた。だが、夜の闇は知らなかった。

毎晩、仕事が終わると、チャウラはスカルダ爺さんと一緒に村に戻る。そして、残り物の食事をがつがつ頬張ると、床においてあるわら袋にごろりと横たわり、さながら犬のように眠ってしまう。親方の家に住む、父親を亡くした七人の孫たちが踏みつけて起こそうとしても、バカにして笑っても、まったくもって無駄だった。すぐに鉛のような眠りに落ち、毎朝きっかり日の出の時刻に、例の足に起こされるのだった。チャウラが夜の闇を怖がるようになったのは、スカルダ爺さん——当時すでにチャウラの親方——の息子が、鉱山での爆発事故に遭って、腸《はらわた》も胸もずたずたに引き裂かれただけでなく、スカルダ爺さんまで片目をやられたときからだ。

おそろしい爆発音がとどろいたのは夕刻で、地下の採掘場では仕事を切りあげようとしていたところだった。採掘工と見習いは全員、爆発現場に駆けつけたが、チャウラは恐怖にかられ、自分だけが知っている洞窟に一人逃げこんだ。

慌てて逃げこんだせいで、テラコッタ製のカンテラを岩にぶつけて壊してしまい、どれくらいの時間が経ったかもわからないほど後になって洞窟から這いだしたときには、もう誰も残っておらず、採掘場の暗闇がひっそりと静まり返るばかりだった。チャウラはどうにか手探りで階段のある場所につながる坑道を探したが、そのときもまったく恐怖は感じなかった。ところが、穴の口から、むなしくひろがる外の夜の闇に出た瞬間、恐怖がこみあげてきた。

チャウラは、途方にくれて震えていた。無限にひろがる空虚をうめつくす神秘的な静けさのなか、知覚できないほどかすかな風がそよぐたび、チャウラは背筋がぞくぞくした。夜空ではごく小さな星々がびっしりと瞬《またた》いていたが、わずかな光も拡散できずにいた。

明かりがあるべきはずの場所にひろがる闇と、誰も見る者がいなくなり、いつもとはまるで異なる青白い外見をさらした物がそこにあるという孤独感が、途方に暮れたチャウラの精神にひどい混乱を来し、まるで誰かに追われているかのように、いきなり見境なく走りだしたのだった。

いま、こうしてスカルダ爺さんと坑道の奥に戻ったチャウラは、運び出す荷の準備が整うのを待つあいだ、硫黄採掘場から外に出るときに出くわすはずのあの夜の闇の不安が、だんだんと大きくなるのを感じていた。そこで、坑道や階段を行き来するためというより、むしろ外に出たときに備え、念入りにテラコッタ製のカンテラの手入れをしていた。

遠くで、昼夜の別なく動きつづけるポンプの軋《きし》む音と、ドクドクという音が、リズムを刻むように響いていた。その二種類の音のリズムに、スカルダ爺さんの鈍い唸り声が、合いの手のように入る。それはあたかも、老鉱夫が遠くにある機械の力を借りて、腕を動かしているようでもあった。

やがて運び出す荷の準備ができると、スカルダ爺さんは、それをチャウラの首に巻いた袋の上に担ぎあげ、積んでいった。

スカルダ爺さんが荷を積むにしたがって、チャウラの脚はどんどんと曲がり、地面に近づいていくのを感じた。いくつか積んだところで、片方の脚が痙攣《けいれん》を起こしたように震えだし、その震えがあまりに強かったため、チャウラはそれ以上の重さは堪《こら》えきれないと思い、叫んだ。

「もう勘弁してくれ！」

「なにが勘弁してくれだ！　この役立たず！」スカルダ爺さんは相手にしなかった。

そして、さらに荷を積んだ。

一瞬、全身に疲労がたまっているうえに、これほどの荷を背負わされては、地上まで階段をのぼりきることはできないだろうという驚愕が、チャウラの頭をいっぱいにしていた夜の闇に対する恐怖を打ち負かした。一日じゅう手加減せずに働いたあとだ。これまで、チャウラは己の身体を哀れむことなどなかった。そのときも、哀れに思ったわけではないが、どうにも限界に達した気がしたのだ。

大量の荷の下で、そっと身体を動かしてみた。それだけでも、バランスをとるためにとんでもない努力が必要だ。そう、その調子。ゆっくりとなら、なんとか歩くことができた。だが、上り坂になったとき、これだけの荷をどうやって支えろというのだろう。

幸い、上り坂がはじまったところで、チャウラはふたたび夜の闇への恐怖心に囚われた。ほどなく自分は、そこに顔を出すことになる。

その晩、坑道を進むチャウラの口から、いつものカラスの鳴き真似が聞こえることはなかった。その代わり、しゃがれた長い呻き声が洩れた。階段に差しかかると、その呻き声もほとんど聞こえなくなった。外の、手で触れることのできない空虚にひろがる、真っ黒な静寂という途轍《とてつ》もない恐怖に押し殺されたのだ。チャウラは荷の重みでつぶされ、前のめりになっていた。そのため、急な階段へとつながる最後の曲がり角に着いたとき、いくら上を見ようとしても、高い位置にぱっくりと開いた穴の口まで見ることはできなかった。

滑りやすい階段にゆらめく小さなカンテラの炎が、赤いかすかな明かりを投げるなか、上の段に額がぶつかりそうなほどに腰を曲げたチャウラは、鉱山という子宮の中から、上へ上へとのぼってきた。そこに喜びはなく、むしろ、解放が近いことに対する恐怖心があるだけだった。チャウラはまだ穴を見あげてはいなかった。それは遥か上のほうに、まるで明るい目のように開いた、銀色のうっとりとする輝きだった。チャウラは、階段の最後の数段までのぼったところで、ようやくそのことに気づいた。はじめチャウラは、おかしな話だとは思いながらも、それが昼の残光だと考えた。ところが、明るさは増すいっぽうで、先ほどたしかに暮れてゆくのを見たはずの太陽が、ふたたび昇ったかのようだった。

そんなはずがあるのだろうか？

チャウラは穴から外に出るなり、唖然《あぜん》とした。運んでいた荷が肩からずり落ちる。チャウラはわずかに腕をあげ、黒い両手をその銀色の輝きのほうへとひろげた。光に満ち、ひんやりとした静けさの大海原のように、大きくて穏やかな「月」が、チャウラの目の前にあった。

もちろん、彼はそれがなにか知っていた。だが、知っているものの多くがそうであるように、これまでまったく重視したことはなかった。空に「月」が浮かんでいようがいまいが、どんな関係があるというのか？

夜中、こんなふうに地中の子宮口から這い出したいまになってはじめて、チャウラは「月」というものを見つけたのだ。

恍惚状態のチャウラは、自分の出てきた穴の前においた荷に腰掛けた。ほら、あそこに、あそこに「月」があるぞ……。「月」だ！「月」だ！

チャウラは、「月」を見つけたことに、言い知れぬ慰めと優しさを感じ、知らず知らず、泣くつもりもないのに涙を流していた。あそこで、「月」が広大な光のベールをまといながら、空をのぼろうとしている。山や平地や谷を己が明るく照らしていることにも気づかずに。驚きに満ちた夜のなか、彼女のおかげで恐怖も疲労も感じなくなったチャウラがそこにいることも知らずに。

（一九一二年）

2

パッリーノとミミ

Pallino e Mimì

生まれたときの姿が毬《まり》のように丸っこかったので、最初は手毬《パッリーノ》と名づけられた。一緒に生まれた六匹のうち、処分されずにすんだのは一匹だけ。子どもたちがしつこくお願いし、やさしく守ってくれたおかげだった。

父親のコロンボは、なによりも楽しみだった狩りに行かれなくなってからというもの、家に犬がいることまで嫌がり、生まれてきた仔犬をすべて処分したがった。たとえ母犬のヴェスピーナが死んだとしても、悲しがらなかっただろう。いまいましい関節リューマチにまだ悩まされていなかったころの、すばらしい狩りの記憶をいたずらに呼び覚ますだけだからだ。いまでは――このとおり――まるで鉤針《かぎばり》のように骨がひん曲がってしまっていた。

キアンチャーノという土地は夏でさえ風が強く、ときには激しい嵐が襲い、家々がつぶされ、吹き飛ばされるのではないかと思うほど揺れることもある。冬ともなればなおさらだ。そのため、だれもが台所に閉じこもり身を寄せ合いながら、朝から晩まで暖炉のかたわらでうずくまって過ごすのだ。鼻先すら外に出さず、日曜日のミサにも行こうとしない。たしかに、教会は家の向かいにあり、歩いてすぐの場所だった。台所の窓ガラス越しにミサが見えるといっても過言ではないほどだ。家のほかの部屋へは、夜も更けるころになってようやくベッドにもぐりこむ以外、だれも入ろうとしなかった。

ところが父のコロンボときたら、腰をかがめ脚に包帯を巻いた状態で、一歩ごとに呻《うめ》き声をあげながら、昼間でもときおりほかの部屋に出入りしていた。食堂のバルコニーから眼下にひろがるキアーナ渓谷の全容を見わたし、カッジョーロにある自身の農園を眺めるためだ。ヴェスピーナはこれ見よがしにふくらんだ腹を抱え、地面に足がつくかつかないかの状態で、のたのたと後をついていくのだった。

すると、彼の胸のうちで、遥か彼方にある野山への郷愁が抑えきれないほどにふくらみ、自分がそのような状態でいることへの苛立ちがますますつのる。まったくいまいましい雌犬め！　しかも、この期《ご》におよんで仔犬を産むというのだ。とにかく、生まれてくる犬は一匹残らず始末してやる！　もちろん、苦しませはしない。尻尾をつかんで逆さまに吊るし、そのあたりの石に頭を打ちつけてやるのだ。

子どもたち――デルミーナ、エッツィオ、イジニオ、ノリーナ――は、父がそんな素振りを見せると、黄色い声をあげるのだった。

「やめて、父さん！　仔犬がかわいそう！」

いよいよ仔犬が生まれる段になると、せめて一匹だけでも助けてあげようということになった。子どもたちの目にいちばんかわいらしく映った仔犬を一匹、こっそり抜きとり、隠しておいたのだ。その後、ようやく父の許しを得ると、子どもたちはいそいそとパッリーノに会いに行った。ところが驚いたことに、その仔犬には尻尾がなかった！　子どもたちは、裏切られたような気がしてならず、四人で顔を見合わせると、こう言った。

「信じられない！　この犬、尻尾がないよ！　どうしよう？」

そうはいっても、にせの尻尾をつけるわけにもいかないし、そんなことをしようものなら父親に気づかれてしまう。命乞いはすでに聞き入れられていたため、パッリーノは家で飼うことになったものの、子どもたちの仔犬に対する愛情は、その滑稽ともいえる欠点のために早くも冷めつつあった。

しかも、パッリーノは日々成長するにつれ、醜くなっていった。かわいそうに、当人はそんなことを知る由《よし》もない。生まれたときから尻尾がないことにも、いっさい不満を抱《いだ》いていないように見えた。むしろ、自分になにかが足りないなどとは少しも思っていない様子で、無邪気にはねまわっていた。

片足をひきずっているとか、背中が曲がっているとか、なんらかの障害を抱えて生まれた小さな子どもが、自分の境遇も知らずに笑ったりはしゃいだりしているのを見ると心が痛むものだが、相手が醜い動物であれば心も痛まない。そんなわけで、仔犬がはねまわり、邪魔になれば、だれも自制などせずに容赦なくポンと蹴飛ばし、それで終わりだった。

こうして、パッリーノが毛糸玉やスリッパなどに夢中になってじゃれまわっていると、いきなり蹴とばされ、台所の隅から反対側の隅まで転がされることになる。それでもパッリーノは、二本の前足でのっそりと起きあがり、耳をぴんと立て、頭を少しかしげ、しばらくじっと見返すだけだった。

吠えるでもなければ、抗議するでもない。

あたかも、犬とはそのような扱いを受けるものなのだとしだいに納得していくように見えた。それが、犬という存在に生まれついた自分のあるべき姿であり、いちいち腹を立てるほどのことではないと思っているようだった。

だから、主人はスリッパをかじられるのが嫌いなのだとパッリーノがようやく理解できるまでに、三か月もかかった。それがわかると、パッリーノは蹴飛ばされないようにすることを学んだ。主人のコロンボが片足を持ちあげようとすると、すばやく口にくわえた獲物を放し、ベッドの下にもぐりこむ。そうやって安全な場所に身をおきながら、もうひとつ別のことも学んだ。それは、人間がいかに意地悪かということだ。彼らはいかにもやさしそうな声で呼び、指をパタパタと鳴らして、外に出てくるように誘いかける。

「こっちだよ、パッリーノ！　いい子だから、こっちにおいで。かわい子ちゃん！」

そこで、いたずらを許され、撫《な》でてもらえるのかと思って出ていくと、首根っこをつかまれ、毛がもげるかと思うほど強く叩かれる。そうか、そっちがその気ならということで、パッリーノも凶暴になり、盗みはするわ、引き裂くわ、汚すわ、とうとう咬《か》みつくようになってしまった。だが、そんなことをしてもなにひとつ得をするわけもなく、家から追い出されただけだった。とりなしてくれる者もなく、村をうろつき、食べ物をねだるようになった。

ある日、肉屋のファンフッラ・モーキが、そんなパッリーノを店に連れ帰ることにした。ちょうど愛犬を亡くしたばかりだったから。

ファンフッラ・モーキは、なかなかの変わり者だった。無類の動物好きでありながら、動物を殺すことを生業《なりわい》とし、大の人間嫌いでありながら、動物好きでありながら、人間に頭を下げ、仕えなければならなかった。心の中では貧しい者の味方だったが、肉屋という職業柄、それもままならない。周知のとおり、貧しい者が肉など口にすれば、消化不良を起こすのが関の山だ。町の上流階級を相手に商売をしなければならないが、皮肉にも、連中は彼が仲間入りすることを拒んでいた。それは本当の話だ。というのも、彼は少なくとも半分は上流階級の出身だった。生まれたときに引き取られて以来、ずっと過ごしていた寄宿学校を十六歳で出るときに、六千リラ渡されたという事実からも、それは容易に推測できた。その金がなぜ、どのように、どこから出てきたものかはわからないが、現金に姿を変えた呵責《かしゃく》の念の、残額であることは間違いなかった。

その後、彼は肉屋へ見習いに出され、乗りかかった舟ということで、渡された金で自分の店をひらくことにした。だが、上流階級の悪《あ》しき血が、けだるい血管や痛風持ちの足の裏などに脈々と流れているのを感じずにはいられなかった。そんな半狂乱の血流が体内をめぐっているせいで、ときに鬱々《うつうつ》とした苦い倦怠感《けんたい》に襲われたり、ある種の行動へと駆り立てられたりするのだった……。たとえば三年前、鬚《ひげ》を剃《そ》っていたときのこと、鏡に映った自分の顔がいつもより醜く、もはや年をとり、やつれていると思った瞬間、剃刀《かみそり》で自分の喉をみごとに掻き切っていた。それは、明確な意図のもとに刻まれた、非の打ちどころのない傷だった。半死半生で病院に運ばれたファンフッラは、驚いて後を追ってくる人たちに、こう言って安心させたのだった。

「だいじょうぶ、たいしたことじゃない。ただの切り傷ですよ」

そんなファンフッラ・モーキが最初にしたのは、パッリーノに新しい名前をつけることだった。勝手に「ビフテキ」と名づけ、窓ぎわに連れていくと、こう語りかけた。

「ごらん、ビフテキ、あれが俺の生まれ故郷のアミアータ山だ！　あそこで生まれた人間は、靴はデカいが、繊細な頭脳を持ってるんだ。粗野だが繊細なのさ。もしもおまえが俺と一緒にいたいなら、賢くて立派な犬になると約束するんだ。約束すれば面倒をみてやる。心配するな。ここに座れ。ビフテキ、もしおまえが豚だったら、餌を食べるかい？　俺だったら口をつけないね。豚は自分のために食べていると信じてるが、他人のために太らされるんだ。豚の運命なんて、ちっともいいもんじゃない。俺だったら、こう言うね。ああ、あなたたちはそのためにおいらを飼育してるんですか。そいつはたいへんありがたい。どうぞ、痩せたおいらをお召し上がりください」

パッリーノは、もっともだとでもいうように二、三度くしゃみをした。すると、ファンファッラは心から満足し、それからというもの、毎日長いこと話しかけた。はじめのうちはパッリーノも真剣な顔でファンファッラの話に耳を傾けているが、しだいに後足で体を掻きはじめ、鼻づらを上にむけて大口を開けてあくびをしたかと思うと、音程を変えながらクンクンと鳴き、話はもうさんざん聞いたと主人に伝えるのだった。

尻尾がないために、コロンボの家でひどい目に遭わされたせいか、あるいはファンファッラの教えが功を奏したのかわからないが、とにかくパッリーノは気性の激しい犬となり、どこにいても目立つ存在となった。尻尾がないからだけではない。自分と同等、あるいはそれより上の動物を相手にすると、独特な態度をとるようになっていた。気難しい犬で、誰にも打ちとけることはなかった。

ほかの犬が後をつけてきたり、正面から近づいてきたりしようものなら、体をこわばらせ、四肢に力を入れたまま、じっと相手をにらむ。その様子は、「いったいなんの用だ？　おれに手出しをするな！」と警告するように見えた。

こんな態度をとるのは、むろん恐怖心からではない。相手が雄であろうと、雌であろうと、とにかく村の犬どもに対して底知れぬ軽蔑心を抱いていた。

少なくとも、傍目《はため》にはそう見えた。というのも、夏になるとこのキアンチャーノには、湯治をかねて避暑に訪れる人も多く、大半が犬を連れてきた。そしてそんな避暑客の犬に対しては――雄犬であろうと雌犬であろうと――、ころりと態度を変え、社交的になり、まるで別の犬のようにはしゃぎ出す。一日じゅう、あちらやこちらのホテルで後足をあげては、彼なりの流儀で「名刺」を配って歩き、客である余所《よそ》の犬たちに歓迎の意を伝えるのだった。そうして、どこへ行くにも後をついてまわり、必要とあらば、獰猛《どうもう》ともいえるほど果敢に、村の犬どもの攻撃から守ってやった。

とはいえ、彼らと挨拶を交わそうにも尻尾がない。そこで体をよじり、全身を揺すってみせる。ときには地面に体を投げ出し、一緒にじゃれようと誘うこともあった。

そんなパッリーノは、余所の犬たちにとってありがたい存在だった。都会では、外出するときにはかならず鎖をつけられ、口輪をはめられる。ところがここでなら、どの犬も縛られずに気ままに歩きまわることができた。飼い主は、つないでいなくても犬が迷子になる心配もなければ、罰金をとられる心配もないとわかっていたからだ。要するに、犬たちにとっても楽しい避暑であり、パッリーノは彼らの格好の気晴らしだった。何日か姿を見せないことがあると、都会の犬たちは三匹、四匹と連れだってファンフッラの店にやってきては、パッリーノを呼んだ。

するとファンフッラは、「ビフテキめ、のぼせるんじゃないぞ」と、指を立てて警告したものだ。「上流階級の犬たちは、おまえには釣り合わん。おまえは野良犬なんだからな。この寝返りプロレタリアートめ！　上流階級の犬を相手に道化を演じるなんて、わたしは許さんぞ」

それでもパッリーノは意に介さず、少しも聞く耳を持たなかった。いや、聞く耳を持てなかった。というのも、その年、店にちょっかいを出しにくる上流階級の犬のなかに、かわいらしい雌の犬がいたからだ。握りこぶしほどの小さな犬で、もつれた白い綿毛のようにふわふわで、どこが足でどこが耳かもわからない。第一級の喧嘩好きで、ときに本気で咬みつくこともあった。その小さな口で咬まれると、ひりひりと痛み、一日たっても痕《あと》が残るほどだ。

けれどパッリーノにとっては、そんなふうに咬まれるのもこのうえない喜びだった。

その白い塊は、パッリーノの股のあいだをすりぬけ、右や左から飛びついてくる。

するとパッリーノは、彼女のご機嫌を損ねないようにじっとしたまま、愛くるしい動きを目で追う。彼女が吠えすぎて（体よりもはるかに大きな声をいったいどこから絞り出すのやら）疲れてしまわないか、声を嗄《か》らしてしまわないかと気遣うように、腹を上にして地面にごろりと寝ころび、彼女がいったん逃げるふりをして離れ、その後、威勢よくUターンして飛びついてくるのを待ちかまえる。そして彼女を抱きしめ、鼻づらや耳を咬まれながら恍惚《こうこつ》にひたるのだった。

そう、パッリーノはすっかり恋におちてしまった。田舎者で尻尾もない、みすぼらしいパッリーノが、その毛糸玉のようななんでもない犬に媚びてすりよっていく様は、見ていて哀れになるほど滑稽だった。

雌犬は名前をミミといい、女主人とともにロンキという宿に泊まっていた。

女主人は未婚のアメリカ人女性で、もう若いとはいえない齢《とし》だった。何年も前からイタリアに滞在しているが、結婚相手を探しているのだろうと陰で噂する者もいた。

それにしても、なぜお相手が見つからないのだろう。けっして器量が悪いわけではなく、背もすらりと高く、機敏で、おまけに豊満な肉づきをしていた。美しい瞳に艶やかな髪、色鮮やかな唇はいくらか厚ぼったく、身体つきといい表情といい、全身に高貴な雰囲気と、どことなく翳《かげ》のあるしとやかさをまとっていた。それだけではない。そのミス・ギャレーの装いは、優雅でありながらも、清潔感のあるシンプルなもので、風に揺れる薄手の長いベールのついた大きな帽子が、ため息が出るほどよく似合っていた。

彼女を口説こうとする男たちにも事欠かなかった。というより、つねに二、三人の男が群がっていた。彼女がアメリカ人であることを承知のうえで、誰もが最初は真剣な気持ちで近づいていくのだが、お喋りをしたり、相手のことを探ったりしているうちに、しだいに……ミス・ギャレーが貧しくないことは、その暮らしぶりから明らかだが、とりたてて大金持ちというわけでもなさそうだ。だったら……なにも、あえてアメリカ人を選ぶ必要はないじゃないかという結論に至るのだ。

たくさんの持参金が期待できないのなら、同郷の娘を嫁にしたほうがいいに決まっている。こうして、言い寄った男たちはみな、順に礼儀正しく去っていった。ミス・ギャレーは内心で悔しい思いをし、誰に打ち明けることもできない悔しさを、小さくてかわいくて忠実な愛犬のミミを存分に撫でることによって晴らしていた。

それも、ただ撫でるだけではない。いくつになっても独り身のミス・ギャレーは、自分の小さくてかわいくて忠実な愛犬のミミにも、同じように独り身でいることを強いた。悪い雄犬の罠にかからないよう、四六時中、監視しようと思うほどだった。雄犬がミミに近寄ろうものなら、さあたいへん。すぐにミス・ギャレーがミミを抱きかかえる。もう五歳になるミミは、女主人が独り身だからといって、自分まで独り身でいなければならない理屈が理解できなかったが、抵抗でもしようものならぶたれてしまう。地面におろしてもらいたくて脚をばたつかせればぶたれるし、暴君の腕の上から首をのばしたり、腕の下から鼻づらをのぞかせて、自分に恋をした雄犬がまだ後をつけてくるか確かめようものなら、これまたぶたれるのだった。

ありがたいことに、こうした残酷なまでの監視の目は、新しい男性に言い寄られ、ミス・ギャレーの胸のうちにふたたび期待が芽生えるたびに、少しゆるむことになる。ミミに論理立ててじっくりと考える能力さえあったなら、自分がどの程度の自由を許されるかによって、まるでぴいぴいと嘴《くちばし》を開けて待つ雛鳥のようにあきらめることを知らない女主人の心に、新たな恋のアバンチュールがどれほどの期待をもたらしているか、そのあんばいを推しはかることができたにちがいない。

その夏、キアンチャーノで、ミミは大いなる自由を満喫していた。

というのも、宿屋ロンキに一人の男性が泊まっていたからだ。四十を少し過ぎたぐらいの、整った顔立ちの男性で、肌は褐色、髪は齢のわりに白く、口髭だけが黒々としていた（おそらく少し黒すぎるくらいに）。着こなしも優雅で、半月の湯治《とうじ》の予定でキアンチャーノに来たのだが、もう一か月以上も宿に滞在し、帰る素振りもなかった。宿に到着したときには、ローマに急ぎの用があり、それを無理やり日延べして来たものだから、あとで厄介なことになるかもしれない、などと言っていたはずなのに……。

それがどのような用なのか、いっさい口にしなかった。ただ、旅慣れていて、ロンドンとパリの街をよく知っていること、ローマのジャーナリズム界に顔が利くことなどが、言葉の端々からうかがえた。宿泊台帳には、功労勲章受勲者《コンメンダトーレ》バジリオ・ゴーリと署名されていた。ミス・ギャレーとは、最初に会ったその日から英語で長々と話しこんでいた。そしていまや、二人は毎朝ぴったりと時間を合わせて宿を出て、聖なる水温泉《アックア・サンタ》へと続く並木道を歩く仲になっていた。

といっても、ミス・ギャレーは温泉の水を飲むわけではない。キアンチャーノに来たのは、いつもと違う空気を吸いたかったからだと話した。

温泉の水を飲むのは、彼のほうだった。

背の高いプラタナスの木陰にある芝の生えた坂道を、二人きりで寄り添いあうように散歩する姿は、ほかの湯治客の好奇の的となっていた。だが、彼のほうは興味本位の視線など、少しも気にならないようだった。この「逍遥《しょうよう》派」の愛の光景を、無遠慮にも近くから観察しようと、二、三人がわざと足をとめても、彼は見下すような冷たい視線を投げかけはするものの、どことなく得意げな、嬉しそうな表情を見せたものだ。いっぽう、彼女のほうはいったん目を伏せるが、しばらくすると視線をあげて彼の顔を見つめ、その優しい眼差しを求めた。彼の眼差しには、羞恥心《しゅうちしん》を多少犠牲にしようとも、一人の男性に好かれるためには他人の好奇の視線に挑むことも惜しまないという意志を示す女性に対して、男であれば誰もが抱くであろう愛情にあふれる本能的な感謝の気持ちがあらわれていた。

そんな二人の後をちょこちょことついて歩くミミの姿は、カップルを観察する野次馬たちの笑いを誘った。ミミはミス・ギャレーの背後から服に咬みつき、怒ったように頭を激しく振りながら、引っぱったり、揺すったりする。その仕草は、なにがなんでも女主人を立ちどまらせ、彼女の注意を自分だけに向けさせたいとでもいうかのようだった。するとミス・ギャレーは腹を立て、愛犬の口から服を力ずくで引きはがすものだから、勢いあまったミミは芝生のうえを転がってしまう。それでも、しばらくするとミミは懲《こ》りずに女主人に飛びついていく。ただし、女主人に悪い噂が立つことを心配しているわけではなく、石ころの多いその芝を歩きまわるのがものすごく退屈で、早く村にもどりたかったからだった。村ではパッリーノが待っていることを、ミミは知っていた。

何度も服を引っぱるうちに、ミミはようやく目的を達成した。ミス・ギャレーは、ミミにあれこれ注意したうえで、宿で留守番させることにしたのだ。もちろん、かわいそうな愛犬を疲れさせたくないからと言い訳をすることも忘れなかった。

じっさい、ミス・ギャレーとコンメンダトーレ・ゴーリは、アックア・サンタまでの道のりを一時間以上かけて歩いたあと、ふたたび村まで歩いて戻る。しかも、途中で脇に逸《そ》れて、モンテプルチャーノに抜ける道をのぼっていったり、駅へつながる道を歩いたり、あるいはカプチン会修道士の丘にのぼったりして、たいてい昼食の時間まで宿にはもどらない。道々、ミス・ギャレーが赤い日傘で彼のことを日射しから守ってあげながら、二人ともまるで甘美な優しさに包まれたかのように仲睦《なかむつ》まじく歩いていた。遠慮がちに身体を撫でてみたり、手がかすかに触れたり、熱のこもった眼差しで長いあいだ見つめあったりすることによって、夢心地を味わいながら、互いの心が結びつき、焦がれるほどに胸が締めつけられるのを感じるのだった。

そのあいだにも、歩いてばかりいる二人に我慢がならない辻馬車の馭者たちは、通りで彼らとすれ違うたびに、こほんこほんと空咳をし、がたごとと馬車に揺られている客たちはその咳を聞いて笑うのだった。

キアンチャーノの村は、もはや二人の話題でもちきりだった。宿という宿、娯楽施設、カフェ、薬局、サッカー場、円形劇場……どこへ行こうと、昼となく夜となく、ミス・ギャレーとコンメンダトーレ・ゴーリのことが噂の種になっていた。二人をあそこで見かけた、いや、そこで見かけた、彼のほうはこんな格好で、彼女のほうはこんな格好だった……等々。湯治が終わって帰ってゆく客たちは、新しい客に事の顚末《てんまつ》を説明し、帰ってから五、六日も経たないうちに、遠く離れた場所から絵葉書を送ってよこし、幸せなカップルのその後を尋ねた。

ある日とつぜん（すでに九月の初旬になっていた）、コンメンダトーレ・ゴーリが一人きりでローマに向けて発つという噂が、キアンチャーノ中を駆けめぐった。人びとはみなひどく驚き、好き勝手な憶測を並べたてた。二人のあいだに、いったい何があったのか。

じつは彼は妻帯者であって、妻を置いてこの村に来ていたことがミス・ギャレーにばれたからだと噂する者がいるかと思えば、ミス・ギャレーに一目惚れし、舞いあがっていたゴーリ氏が、冷静になって頭を冷やすまでにそれだけ長い時間を要しただけで、獲物をしっかりと握りしめてみると、じつは痩せ細り、羽も抜け落ちていることに気づいたのだと言う者もいた。なかには、二人は別れたわけではないという説もあった。ミス・ギャレーが彼氏を追いかけて後からローマに行くと言う者や、数日もすればゴーリ氏はキアンチャーノに戻り、花嫁をともなってフィレンツェに向かうのだとする者もいた。そんななか、宿屋ロンキの人たちは、二人のアバンチュールはまぎれもなく終わりを告げたと断言した。その証拠に、ミス・ギャレーはその日、昼食の時間になっても食堂に姿を見せず、ゴーリ氏が一人困惑した様子で食事をしていたと語った。

サッカーゲーム広場《ジョーコ・デル・パッローネ》ではさまざまな噂が飛びかい、湯治客たちだけでなく、大勢の村人までが、ゴーリ氏の出発を見とどけようと集まってきた。

ゴーリ氏を乗せた馬車が城壁にかこまれた村の門から出ていくと、野次馬はみな、広場に壁ができたかのように身を乗り出した。

ゴーリ氏はといえば、馬車の中で落ち着きはらって新聞を読んでいたが、広場の下を通るときには、大勢の観客を前にした舞台俳優のように、満足げに新聞から視線をあげ、人びとの様子を眺めていた。

そのとき、広場の中央にある小さな円形競技場の陰から、不意に凶暴なかたまりのようになって縺《もつ》れあう犬の群れが、怒り狂った吠え声をあげながら飛び出してきた。誰もが吠え声のするほうを見やり、なかには恐怖のあまり後ずさりする者や、棍棒を振りあげて追いかける者もあらわれた。

犬の群れの真ん中には、愛するミミを連れたパッリーノの姿があった。パッリーノとミミは、仲間の犬たちのすさまじいまでの羨望や嫉妬を買いながらも、ようやく婚姻を結ぶことができたのだった。

腕白小僧の集団に先導されるようにして、あわてふためいたミス・ギャレーが広場に姿をあらわすと、ご婦人方は顔をしかめ、旦那方はあざ笑った。帽子を片手に持ち、走って風を受けたせいで、髪は鬼婆のように乱れ、目は赤く泣き腫《は》らしている。

「ミミ！　ミミ！　ミミ！」

その身の毛もよだつおそろしい光景を前に、ミス・ギャレーは青ざめて天を仰いでいたが、やがて両手で顔を覆い、くるりと背を向けると、来たときとおなじ勢いで村へと戻った。その後、竜巻のように宿に駆けこむと、爪をかざし、八つ裂きにでもしそうな勢いで宿の主人ロンキに食ってかかり、次に従業員に向かっていった。それでもなんとか自分を抑えることができたが、怒りのあまり呼吸が乱れ、身もだえし、言葉を口にすることもできなかった。先ほど、ミミが誰の監視も受けておらず、宿にもいなければ行方もわからなくなっていたことを知って（何日も経ってようやく！）、思い切りわめきちらしたために、声はすでに嗄《か》れていた。ミス・ギャレーは自分の部屋へ戻り、荷物をかき集め、片っぱしから旅行鞄やスーツケースに詰めこみ、二頭立ての馬車を呼び、いますぐにキウージの駅まで行くように命じた。たとえ一時間たりとも、いや、一分たりともキアンチャーノにはいたくなかった。

いざ宿を発とうとすると、先ほどミミを探しに行ったとき一緒に広場まで走ってきた腕白小僧たちが、息せき切ってやってきた。そして、それなりの額の駄賃をもらえるのではないかという期待に胸を高鳴らせながら、なかば死にかけた状態のミミを差し出した。ところがミス・ギャレーは、怒りに身もだえし、顔をしかめて、乱暴にミミを払いのけた。

ミミは激しい衝撃とともに床に落下し、鼻づらをいやというほど打ちつけ、甲高い悲鳴をあげて、足をひきずりながらも、走ってソファーと床のあいだのわずか指三本分ほどの隙間にもぐりこんでしまった。そのあいだに、激昂《げっこう》したミス・ギャレーは馬車に乗りこみ、馭者に向かって叫んだ。

「馬車を出してちょうだい」

ロンキ氏や従業員、湯治客たちは、すぐに宿に戻り、しばらくのあいだ呆気《あっけ》にとられて顔を見合わせるばかりだった。そのうち、見捨てられた犬がかわいそうになったが、いくら呼んでも、いくら優しく誘いかけても、その隠れ処《が》から出てくることはない。外に出すには、ロンキ氏が従業員の手を借りてソファーを持ちあげ、どかすしかなかった。ところがソファーをどかすと、ミミは矢のようなスピードでドアに突進し、逃げ出した。例の腕白小僧たちがミミを追いかけ、村じゅうを隅から隅まで走りまわり、しまいには駅の近くまでたどり着いたが、どこにいるかはわからずじまいだった。

ミミのせいでそれまでさんざん迷惑を被ってきた宿の主人のロンキ氏は、肩をすくめてこう言った。

「勝手に失《う》せやがれ！」

それから五、六日ばかりたった日の夕刻、埃《ほこり》にまみれ、毛もぼさぼさで、腹をすかせ、以前の面影を完全になくしたミミの姿が、キアンチャーノ村の通りで見かけられた。季節の変わり目を告げる小糠雨《こぬかあめ》の降る日だった。最後の湯治客も去り、あと一週間もすれば、風の吹きつける丘の上に位置する小さな村には、陰鬱な冬の空気がただよいはじめることだろう。

「見ろ、ミス・ギャレーの犬がいるぞ！」ミミが通るのを見かけた者が、そう言った。

だが、誰もその犬をつかまえようとはしなかったし、声をかけることもなかった。そうしてミミは、雨に濡れたまま彷徨《さまよ》いつづけた。宿屋ロンキにも立ち寄ってみたが、すでに閉まっていた。宿屋の主人は、湯治の季節が終わると葡萄《ぶどう》の穫り入れを手伝うため、急いで田舎へと発っていったのだ。

ミミはときおり立ち止まっては、毛のあいだに埋もれた目やにのついた小さな瞳であたりを見まわした。その表情は、こんなに小さなあたしのことを、以前はあれほど撫でまわされ大事に世話してもらっていたあたしのことを、なぜ誰も抱きかかえて主人のところまで連れていってくれないのか理解できないとでも言うようだった。あたしがいなくなって、主人は何時間も捜しただろうし、いまも捜しまわっているに決まってる……。ミミは空腹で、へとへとに疲れ、寒さにふるえていた。そのうえ、どこへ行ったらいいのか、どこへ隠れれば安全なのか、見当もつかなかった。

最初のうちこそ、後をついてくるミミを見て、かがんで撫でてやり、同情する者もいた。だが、ほどなく足元をつねにうろつかれることにうんざりし、ぞんざいに振りはらってしまう。ミミは妊娠していた。こんなに小さくて目につかないほどの犬が妊娠なんて！　あり得ないようだが事実だった。おまけに、みなに足蹴にされていた。

店の入り口に立ち、ミミが途方にくれてちょこちょこと歩いてゆくのを見ていたファンファッラ・モーキは、ある日、声をかけ、食べ物をやってみた。そして、哀れなその犬が、みんなに追い払われてばかりいるために、おそるおそる背中を丸め、蹴られるのを覚悟している様子で近づいてきたので、安心させるために優しくさすり、撫でてやった。健気《けなげ》にもミミは、ものすごく腹がすいていたにもかかわらず、食べるのを中断し、施しをくれた人の手をなめはじめた。そこでファンファッラは、カウンターの下の小屋で眠っていたパッリーノを呼んだ。

「おい、そこの犬。醜い尾なしのどら息子。見ろ、おまえの嫁さんが訪ねてきたぞ！」

だが、いまやミミは上流階級の犬ではなく、村にたくさんいる野良犬の一匹にすぎない。パッリーノは、そんな犬には目もくれないのだった。

（一九〇五年）

3

ミッツァロのカラス

Il corvo di Mìzzaro

ある日のこと、ひまを持てあました羊飼いたちがミッツァロの岸壁をよじのぼっていると、大きなカラスが巣にいるのを見つけた。じっと卵を温めているようだ。

「おい、そこのあほガラス、なにしてやがる？　おやおや、卵を抱いてるのかい。そんなことは女房にやらせりゃいいじゃないか、この、あほガラスめ！」

それを聞いたカラスが、自分の言い分をわめかないわけがない。はたして、カラスはわめいた。だが、カラスの言葉だったので、当然ながら理解されるはずもなかった。羊飼いたちは、日がな一日カラスにちょっかいを出したあげく、一人が村に連れかえることにした。ところが次の日には持てあましたらしく、思い出にとカラスの首に小さな青銅の鐘をぶらさげ、放してやった。

「楽しく暮らせよ」

首に下がった鳴りものがカラスにどんな印象を与えるのかは、それを下げて空を飛びまわっている本人にしかわからない。ゆったりとした飛翔に身をまかせている姿から判断するかぎり、もはや巣のことも連れあいのことも忘れ去り、満喫しているようだった。

リン、リンリン、リン、リン、リンリン……。

かがみこんで畑仕事をしていた農夫たちは、その鐘の音を耳にすると、腰を伸ばして立ちあがり、灼熱《しゃくねつ》の太陽が照りつける広大な大地のあちらこちらを見まわした。

「どこから聞こえてくるんだろう」

風はそよとも吹いていない。とすると、遠くの教会の、いったいどこがこのような陽気な鐘の音を、彼らのもとまで届けているのだろう。

農夫たちはいろいろと想像をめぐらしたが、大空でカラスが鐘を鳴らしているとは思いもしなかった。

——幽霊だ！——農場で一人もくもくと、アーモンドの苗木のまわりに堆肥を入れる穴を掘っていたチケは、そう思った。そして、胸もとで十字を切った。彼は、ほかでもなく幽霊の存在を信じていたのだ。いつの夜だったか、遅い時間に農場から帰る道々、使われていない溶鉱炉の近くで呼びとめる声を聞いたこともあった。村人の噂によると、そこに幽霊が棲《す》みついているらしい。にしても、呼びとめるだって？　どのようにして？　そう、呼ぶのだ。「チケ！　チケ！」と。それを聞いたチケは、帽子の下で髪が逆立つのを感じたものだ。

さて、チケはその鐘の音を、最初は遠くから、次に近くから、やがてふたたび遠くから、聞いた。だが、あたりには人っ子ひとりいない。野山に木々、草や花……どれも口を利かなければ音も立てないものばかり。その泰然たる姿に、彼の動揺はかえって増すのだった。やがて昼飯にしようと思い、その朝、家からパン袋に入れて持ってきた半分の丸パンと玉葱一個を、上着と一緒にぶらさげておいた、少し離れたオリーブの木の枝のところまで戻ってみた。すると驚いたことに、玉葱は袋の中にあったが、半分の丸パンがどうにも見つからなかった。ほんの数日のあいだに、そんなことが三度もあった。

チケは誰にもそのことを話さなかった。ひとたび幽霊にとり憑《つ》かれたら、嘆くのは禁物だと知っていたからだ。嘆きでもすれば、ここぞとばかりにつきまとわれ、さらにひどい目に遭わされるに決まっていた。

「どうも調子がよくなくてね」その夜、仕事を終えて家に帰ったチケは、なぜそんなにうわの空なのかと女房に尋ねられ、そう答えた。

「だけど、ずいぶんな食べっぷりじゃないか」少しあとで、夫が二、三杯のスープを立て続けに飲みほすのを見た女房は言った。

「ああ、食うとも」朝からなにも食べていなかったうえに、本当のことを打ち明けられずにいらいらしていたチケは、もぐもぐと口を動かしながら応えた。

ところがやがて、鐘を鳴らしながら空を飛ぶカラスが盗みを働いているという噂が、一帯の農村に広まっていった。

それまで不気味に思っていた農夫たちは大笑いしたが、チケには笑い飛ばすことができなかった。それが禍《わざわい》のもととなる。

「なにがなんでも、あのカラスに仕返しをしてやる！」チケは口に出した。

なにをしたか、というと……パン袋のなかに、いつものように半分の丸パンと玉葱一個だけでなく、乾燥そらまめを四粒と、四本の凧糸を入れた。農場に着くなり、ロバの背から荷鞍をはずし、斜面に残っている麦の切り株を食《は》ませた。農夫の常であるが、チケもこのロバを相手に話をした。するとロバは、右の耳を立てたり左の耳を立てたりしながら、ときおりまるで返事をするかのように、ブルルルッと鼻を鳴らすのだった。

「よし、チッチョ。やってやろうじゃないか」その日、チケはロバに向かって言った。「よく見てろ。さぞ愉快だろうよ！」

そらまめに穴を開け、四本の凧糸に結びつけた。糸の反対側の先端は鞍に結び、地面においたパン袋の上にそらまめを並べたのだ。そうしておいてその場を離れ、農地を耕しはじめた。

やがて一時間が経ち、二時間が経った。チケはときおり、あたりに鐘の音を聞いたような気がして、そのたびに仕事の手をとめた。そしてかがめていた身体を起こし、耳を澄ませた。だが、なにも聞こえない。そこで、ふたたび地面を耕しはじめた。

そうこうするうち、昼食の時間となった。チケは、パンを食べようか、もうしばらく様子をみようか迷ったあげく、歩きだした。だがパン袋の上に自分が仕掛けたみごとな罠を目にすると、台無しにする気にはなれなかった。ちょうどそのとき、遠くからリンリンという音がはっきりと聞こえ、チケは頭をあげた。

「来たぞ！」

そこで腰をかがめ、はやる心をおさえ、物音を立てないように立ち去り、離れたところに身を隠した。

ところが、カラスはまるで自分の首についている鐘の音に聞き惚れるかのように、空の高みをぐるぐると飛びまわるだけで、一向におりてくる気配がない。

「もしかすると、俺の姿が見えるのかもしれない」チケはそう考え、先ほどよりももっと遠くに隠れることにした。

それでも、カラスは相変わらず空高く飛びつづけ、おりてこようとはしない。チケは腹もすいてきた。だがカラス相手に引き下がる気にもなれない。しかたなく、ふたたび畑を耕しはじめた。ただひたすら待った。それでもカラスは、まるでわざと逆らっているかのように、相変わらず空の高みを飛んでいる。パンがほんの目と鼻の先にありながら、かわいそうなチケは、なんと、触ることもできずにいたのだ！　腹の中は煮えくりかえりそうだったが、顔を強張らせ、意地になって耐えた。

「そのうちおりてくるさ！　おまえだって腹をすかせてるはずだ！」

そのあいだもカラスは空から鐘の音を響かせ、あざけりながら返事をしているようだった。

「おまえも食えん、おれも食えん、おまえも食えん、おれも食えん！」

そのままとうとう日が暮れてしまった。憤慨したチケは、まるで新しい型の飾り紐のように四粒のそらまめが吊るされた荷鞍をふたたび乗せながら、ロバに当たりちらして憂さを晴らした。帰る道々、自分を一日じゅう苛んでいたパンに、怒りにまかせてかじりついた。ひと口ごとに、捕まることもなくずらかったカラスに対し悪態をつきながら。

「どろぼうめ！」「裏切りもの！」「悪党！」

だが、翌日はうまくいった。

前の日と同様、そらまめの罠を念入りに準備し、畑仕事をはじめてほどなくのこと、怒りまくった翼の音に混じり、乱れた鐘の音と、死にものぐるいでギャーギャーと鳴きわめく声があたりに響きわたった。チケが急いで駆けつけると、嘴《くちばし》から出る凧糸でつながれ、苦しそうにもだえるカラスがいた。

「おお、やっとひっかかったか」チケは、カラスの羽をつかんでどなりつけた。「どうだ、そらまめは。うまいか？　このケダモノめ、こうなったら、おまえは俺の意のままだ。覚悟しろよ！」

チケは糸を切り、手始めにカラスの頭を二発ほどぶん殴った。

「怖い思いをさせやがったお礼に一発と、ひもじい思いをさせやがったお礼に、一発だ！」

少し離れたところの斜面で麦の切り株をむさぼっていたロバは、カラスのわめき声を聞くと、驚いて逃げだそうとした。チケはロバを呼びとめ、遠くから黒いケダモノを見せてやった。

「チッチョ、ほらこいつだ！　つかまえたぞ！　つかまえたんだ！」

チケはカラスの両足を縛り、木の枝に吊るすと、仕事に戻った。畑を耕しながらも、どんな仕返しをしようかと考えていた。二度と飛べないように羽を切ってやろう。それから息子たちや近所の子どもに渡して、なぶり殺しにさせるんだ。そんなことを考えながら、心の中で笑った。

日が暮れると、チケはロバの背に荷鞍を乗せ、木の枝からカラスをおろし、足を鞦《しりがい》に縛りつけた。そして、ロバにまたがって出発した。すると、カラスの首に結ばれた鐘がリンリンと音を立てた。音を聞いたロバは耳をぴんと立て、足を踏んばり、動かなくなってしまった。

「こら、歩け！」チケは、手綱を強く引いてロバをどなりつけた。

ロバはまたしぶしぶ歩きだしたが、土埃の舞う道をゆっくりと進む蹄《ひづめ》の音についてまわる耳慣れない音色が、どうにも腑に落ちないようだった。

チケはといえば、道すがら、明日からはもうミッツァロのカラスが鐘を鳴らして空を飛ぶ音を耳にする者は、一人もいなくなると考えていた。いまいましいケダモノは、もはや彼の手中にあり、生きている気配さえ感じられない。

「なにしてやがる?」チケは後ろをふりむき、手綱でカラスの頭を叩きながら尋ねた。

「眠っちまったのかい?」

叩かれたカラスは、「カー!」と鳴いた。

予期していなかった鳴き声に驚いたロバは、首をぴんと伸ばし、耳を立て、いきなり立ちどまった。するとチケは笑いとばした。

「おい、こら、チッチョ! いちいち驚くほどのことでもあるまいに」

そう言いながら、ロバの耳のあたりを手綱で叩く。

しばらく進んだところで、チケはふたたびカラスに尋ねた。

「なに、眠っちまったのか?」

こんどは、先ほどよりも強くカラスの頭を叩いた。すると、カラスのほうも輪をかけて大きな声で、「カー！」と鳴いた。

驚いたロバが跳ねあがり、いきなり暴走をはじめた。チケは両腕と両脚に力をこめ、ロバを引きとめようとした。だが無駄だった。猛《たけ》り狂った疾走にふりまわされ、カラスが張り裂けんばかりの鳴き声をあげる。かたやロバは、カラスが鳴けば鳴くほど驚き、ますます足を速めた。

「カー！　カー！　カー！」

そこへ、チケのどなり声が加わった。手綱を思いっきり引っぱる。だが、もはや恐怖のあまり半狂乱となった一羽と一頭、片方は鳴きわめくことで、もう一方は逃げることによって、互いの恐怖を煽《あお》るばかり。しばらくというもの、夜の野山に猛烈な逃走騒ぎが響きわたった。そのあと、ドスンという大きな音が聞こえたかと思うと、やがてあたりは静まりかえった。

翌日、崖の下で、ずたずたになったロバの下敷きにされ、これまたずたずたになったチケが発見された。群がる蠅《はえ》のあいだから、日射しを受けた死肉の塊が湯気をあげていた。

そして、美しい朝の青を背に、漆黒のミッツァロのカラスが、ふたたび鐘を鳴らしながら、悠然と気持ちよさそうに空から空へと飛びまわっていた。

（一九〇二年）

4

ひと吹き

Soffio

I

ある種の知らせというものは、ときにあまりに思いがけなくもたらされるため、その場で茫然自失することがある。そんな状態から抜けだすためには、使い古されたフレーズや、ごくありきたりの考察にすがるしかないものだ。

友人のベルナボの秘書である若者カルヴェッティから、マッサーリの父君が急死したという知らせを受けたときも、そうだった。わたしは、その少し前までベルナボとともに、ほかでもなく、マッサーリの父君のところで食事をごちそうになっていた。訃報《ふほう》を聞いたわたしは思わず叫んだ。「ああ、人生とはいったいなんなのだ！　ほんのひと吹きで消えてなくなってしまうなんて」そして、片手の親指と人差し指を合わせ、つまんだ羽根を飛ばすときに息を吹きかけるような仕草をした。

息を吹きかけた瞬間、若きカルヴェッティが顔を曇らせ、前かがみになって胸に手を当てた。どこかは特定できないものの、身体に不調を感じたようだ。だが、わたしはそれほど気にとめなかった。彼の不調が、たった今わたしが口にした馬鹿げたフレーズや、口にするだけでは気がすまず、じっさいに試してみた滑稽な仕草に起因するものだと判断するのは、あまりに理不尽に思えたからだ。おそらく肝臓か腎臓、あるいは腸に締めつけられるような苦痛か、刺すような痛みを感じたのだろう。いずれにしても一過性のもので、とりたてて騒ぐほどのことでもないだろうと思ったのだ。夕方近く、ベルナボが動転したようすで転がりこんでくるまでは……。

「聞いたか？　カルヴェッティが死んだよ」

「死んだって？」

「午後、突然に、な」

「いや、午後はここに来たぞ！　待ってくれよ、何時だったか……たしか、三時ごろだったはずだ」

「死んだのは三時半だ！」

「あの三十分後ということか？」

「ああ、そうなるな」

わたしはベルナボをにらみつけた。ベルナボの肯定の返事が、哀れな若者カルヴェッティの突然の死と、彼がここに来たこととの関連（それにしてもどんな関連があるというのだ?）を決定づけるもののような気がしたのだ。わたしは、胸のうちで反射的にその関連——たとえ偶発的なものであろうとも——を打ち消した。自分は良心の呵責《かしゃく》を感じる必要はいっさいないはずだ。彼の死について、わたしのところに来たこととは無関係の解釈を試みようとした。そこで、カルヴェッティがうちに来たとき、とつぜん気分が悪くなったことをベルナボに話してみた。

「そうか、気分が悪くなったのか」

「人生とはいったいなんなのだ! ほんのひと吹きで、消えてなくなってしまうなんて」

わたしは無意識のうちに例のフレーズを繰り返していた。そのとき、やはり無意識に下のほうで右手の親指と人差し指が触れ合い、わたしの考えとは別のところで、その手が唇の高さまでひとりでに持ちあげられた。誓って言うが、もういちど試してみようと意識してのことではなく、滑稽に思われないよう、できるだけ人には気取《けど》られずに、自分自身をからかってみるつもりだった。気づいたときには二本の指が口のすぐ前に来ていたので、わたしはかすかに息を吹きかけた。

ベルナボは、非常に親しかった若い秘書がとつぜん死んでしまった悲しみのあまり、顔つきまで変わっていた。肥満気味でほとんど首もなく、赤ら顔の彼は、走るか、あるいは速足で歩くたびに息を切らすため、脈拍を落ち着け、息を整えるために胸に手をあてることがしばしばあった。そのおなじ仕草をし、息苦しい、まるで不可思議な闇に頭と視界をふさがれてしまったようだと訴える彼を前にして、わたしはなにを信じればよかったのだろう。

狼狽《ろうばい》し、動転しながらも、わたしは咄嗟《とっさ》の反応として、仰向けで口をぱくぱくさせながらソファーに倒れこんだ哀れな友人を助けようと駆け寄った。ところが、彼に烈《はげ》しく拒絶され、なにひとつ理解できなくなった。得体の知れぬ脱力感に、全身が凍《い》ついたように感じたのだ。そして、赤いビロード地のソファーの上でぴくぴくと身体を震わせているベルナボを、ただ見ているだけだった。

ソファーの色のせいで血にまみれているようにも見え、身体を震わせ、ますます苦しげな息を吐き、赤を通り越してどす黒くなった皮膚のベルナボは、もはや人間とは思えず、傷ついた獣のようだった。絨毯についた片足に体重をかけ、なんとか立ちあがろうとしたものの、そのたびに力を使い果たし、ふたたびぐったりするのだった。彼の足元の絨毯がずれてめくれあがるのを、わたしは悪夢のように眺めていた。ソファーの肘掛けの上に曲げた状態で投げ出されたもういっぽうの足は、ズボンの裾がまくれ、ピンクの縞の入った緑色の絹のガーターがのぞいていた。

わたしの気持ちを察していただきたい。不安という不安が、押し潰された状態で、あちこちに散らばっている。なにごともなかったかのように装うこともできた。壁に飾られた悪趣味な絵を見るたびに感じていた嫌悪や、ガーターの色や模様に釘付けになった好奇の視線に意識を向ければ、それでよいのだ。それでも、ふと我に返ると、自分とはまったく無関係の出来事のように傍観している自分が恐ろしくなり、小間使いを大声で呼び、大至急、玄関先に馬車をつけるように命じた。それから上階に来て、息も絶えだえの友を、病院か彼の自宅まで運ぶから、手を貸してくれと頼んだ。

自宅のほうが近かったので、そちらに運ぶことにした。彼は独り暮らしではなく、お姉さんと暮らしていた。そのお姉さんがはたして未亡人なのか、未婚のまま年をとってしまったのかわからない。とにかく、とても聞いてはいられないような小言を口にしながら、なんのかのと彼の世話をやいていた。

そんな弟の変わりはてた姿を見た彼女は、かわいそうに両手で頭を抱え、血の気を失った。

「ああ、神様！　いったいなにがあったというの？　なぜこんなことに？」そして、わたしの行く手を阻んで、どこうとしない。なんということだろう！　なにが起こったのか、どのような経緯《いきさつ》だったのか、よりによってこのわたしの口から説明を求めたのだ。わたしがもう限界だと思っている最中《さなか》、ほかでもなくわたしの口から……。わたしは、そこに到着するまでに、脱力した彼の途方もなく重い身体を腕に抱えた状態で、何段もの階段を後ろ向きにのぼってきたのだ。

「ベッドへ！　ベッドへ！」彼女までベッドがどこにあるのかわからなくなり、いつまでたってもたどり着けないように思われた。苦しそうに呻くベルナボを、やっとの思いでベッドに横たえると（こちらまで息が絶えだえだった）、わたしは力尽きて背中から壁にもたれかかった。椅子に座らせてもらえなかったら、床に倒れこむところだった。頭をがくりと垂らしたまま、かろうじて小間使いに言った。「医者だ！　医者を呼んでくれ！」だが、お姉さんと二人でこの場に残され、ふたたび質問攻めに合うかと思うと、疲労感が募るばかりだった。

そのとき、ふいに苦しげな呻き声が途絶え、ベッドがしんと静まりかえったおかげで、わたしはなにも質問されずにすんだ。つかのま、全世界が静寂に包まれたかのように思われた。じっさい、ベッドの上で耳も聞こえず身動きもできない状態の哀れなベルナボにとっては、世界の永遠の静寂を意味していた。すぐにお姉さんが絶望の悲鳴をあげた。わたしは打ちのめされていた。そのような大それたことがあり得ると信じることはおろか、想像すらできなかった。

わたしは自分の考えを整理できないまま、頭が混乱していた。そして、これまでは弟を「ジュリオ」と呼んでいたはずのお姉さんが、死んだ彼を前にした今、どこから見ても子ども呼ばわりは不似合いな動かなくなった肥満体に向かって、「ジュリエット〔小さなジュリオ〕！　ジュリエット！」と呼びかけているのを、奇異に感じていた。その直後、わたしは驚いて立ちあがった。ジュリエット！　ジュリエット！　という彼女の呼びかけに気分を害したかのように、遺体の胃が不気味にごろごろと返事をするのが聞こえたのだ。こんどは、わたしがお姉さんを支える番だった。恐ろしさのあまり気を失い、地面に仰向けに倒れかけた彼女を抱きとめた。

こうして、失神したお姉さんと、ベッドに横たわる遺体とに挟まれ、わたしはどうしたらよいのか、どう解釈すべきなのかわからず、狂気の嵐に襲われた心境だった。とりあえずお姉さんの身体を揺さぶり、意識をとりもどさせた。とても彼女の介抱にまで手がまわる状態ではない。彼女は気がついたものの、弟が死んだということをどうしても信じられなくなっていた。「あなたも聞こえたでしょう？　死んでいるはずはありません。死んだなんて、ありえない！」

ようやく到着した医師が死を確認し、先ほどのごろごろという音は、大半の人の死後にみられる現象で、空気が洩れただけだと説明するまで、信じようとしなかった。医師の説明を聞いた彼女は、きれい好きで、つねに清潔を心がけていたこともあり、自分も死んだらおなじ音を立てるだろうと医者に宣告されたかのように顔を曇らせ、手で目を覆ったのだった。

その医師は、若禿げの人にときおり見られるように、ほとんど意固地なまでの大胆さでひと房の黒い巻き毛を強引に横に持ってゆき、髪がなくなった頭頂のあたりを覆ってから、頭にぐるりと一周させていた。鋭い眼つきに、度の強い近視用の眼鏡で武装し、背は高く、太り気味ながらも精悍《せいかん》な身体つきの男で、小ぶりの鼻の下には、切り揃えられた二かたまりの口髭があり、厚ぼったく鮮やかな赤の唇は、描いたかのようにくっきりとしていた。嘆き悲しむお姉さんの無知を、嘲笑《ちょうしょう》の混じった哀れみで見やってから、死について、ごく身近なものとして、こともなげに語るのだった。絶えず死とかかわっているこの医師は、疑問が残ったり、不可解な点が混じったりする死などひとつもないと思っているようだ。

彼のそんな態度を見ているうちに、わたしは、喉の奥から軽蔑したような嘲笑《あざわら》いが湧きだすのを抑えられなかった。医師の話を聞きながら、洋服簞笥《だんす》の鏡にたまたま自分の姿が映っているのに気づいたわたしは、その冷淡で歪んだ眼に驚かされた。しかも、その眼が蛇のように這いながら、わたしの眼の中にするりと滑り込んだのだ。

すると、わたしの右手の親指と人差し指がひとりでに、恐ろしい力で触れ合った。二本の指が互いに押し合っていることからくる痛みのため、感覚が麻痺《まひ》したように感じられる。医師がわたしの嘲笑いに気づいてこちらを向くのを待ち、彼の真正面に進み出た。そして、骸骨のように見える蒼白の顔に、口もとには相変わらず冷ややかな笑みを浮かべたままで、医師にささやいた。「いいですか」二本の指を見せる。「こうするのです。あなたは生死についてすべてご存じのようですが、この指に息を吹きかけてみてください。そうしてわたしを死に至らしめられるか、試してみるのです！」

医師は、気のふれた人間を相手にしているのではあるまいかと、わたしを見定めるために後ろに数歩下がった。だが、わたしは彼のすぐ前に立ちふさがり、食いさがる。「ひと吹きでいいのです。本当です！　たったひと吹きでいいのです！」わたしは医師から離れ、こんどはお姉さんの手首をつかんだ。「では、あなたがやってみてください！　さあ、ほら」そして、彼女の手を口元に持っていった。「二本の指をくっつけて、息を吹きかけるのです！」かわいそうにお姉さんは、驚愕のあまり目を見ひらき、全身を震わせていた。いっぽうの医師はベッドの上に死者がいることも忘れ、愉快そうに冷笑を浮かべている。

「わたしはこれ以上、あなた方を相手に試すわけにはいきません。今日だけで、そこの彼とカルヴェッティ、合わせて二人も実験台にしたのですから！　とにかく、わたしはここから出ていったほうがよさそうだ。早々に立ち去らないと。今すぐ……」

そう言うとわたしは、文字どおり錯乱したようにその場を立ち去った。

通りに出るなり、狂気が頭をもたげた。すでに日が暮れかかっており、通りは人でごった返している。薄暗がりのなかに明かりを灯しはじめた家々が浮きあがり、人びとはみな、ありとあらゆるところから襲いかかるさまざまな色のきらめきから顔を守るため、速足で家に向かっていた。ヘッドライトやショーウィンドーの反射、ネオンサインなどが光るのを見ながら、わたしの頭は薄暗い疑念に苛まれ、混乱していた。だが、それはわたしの思い込みだった。ほら、あそこに、わたしの思いとは裏腹に、赤い光の反射を受けて嬉しそうに顔をほころばせている女性が見えるではないか。その向こうでは、エメラルドグリーンの光の雫《しずく》が滝のようにあふれでる商店の陳列台の鏡の前で、おじいさんに高く抱きあげられて笑う子どもの顔も見えた。

わたしは雑踏を掻きわけて進みながら、二本の指を口にあて、息を吹きつけた。目の前を通りすぎてゆく顔という顔に、誰彼かまわず息を吹きかけたのだ。わたしの息が、すでに二度も証明済みの効果を実際にもたらしたかどうか、ふりかえって確かめようともしなかった。たとえ効果をもたらしていたとしても、その原因がわたしにあるなどと、誰が考えるだろう。二本の指を口にあて、息を吹きかけることで無邪気な喜びにひたるのは、わたしの自由ではないか。二本の指と、その指にかすかに吹きかける息とが、前代未聞のおぞましい力を持つようになったなどと、誰が真面目に信じるだろう。そんなことを認めるのは滑稽であり、子ども染《じ》みた悪ふざけだと思われるのが落ちだ。

そう、わたしは悪ふざけをしているのだ。何度も息を吹いたせいで、口の内側では舌がからからに干からび、とがらせた唇のあいだから吐息さえ洩れなくなったころ、わたしは通りの突き当たりに来ていた。今日、わたしが二度試した仕草の効果が事実ならば、恐ろしいことに、こうして悪ふざけを重ねているあいだに、無数の人間を殺したことになる。だとすると、翌日にはその奇怪《きっかい》な突然死が知れわたり、町じゅうを恐怖に陥れるに決まっていた。

案の定、翌朝には新聞という新聞が、事件にかんする記事で埋めつくされた。なんの前触れもなく襲ってきた、逃れようのない疫病という総毛立つ悪夢のなかで、町は目覚めたのだった。たったひと晩で、九百十六人もの死者が出た。墓地はそれほど多くの遺体を収容できず、すべての遺体を家から運び出すこともできなかった。疫病に冒された人たちを診た医師らによって確認された共通の症状は、最初、原因不明の不調に見舞われたかと思うと、呼吸困難に陥るというものだった。遺体を解剖しても、ほぼ即死といえる死を引き起こすような病変は、いっさい認められなかった。

新聞記事を読みながら、わたしは狼狽していた。泥酔時の混濁にも似た、渦を巻いてわたしを包みこむ大きな雲のなかをぐるぐるさまよいながら、あちこちに身体をぶつけ、やみくもに動きまわる。正体不明の昏迷《こんめい》というか、形容しがたい焦燥感というか、わたしの体内に微動だにせず存在しつづける黒いなにかにぶちあたり、圧迫する、刺すような戦慄だった。わたしの意識は強い力でそこに惹きつけられるものの、神経が逆立ち、四方に逃げ道をさぐりながら、必死に近づくまいとする。少しでも意識がそこに近づくと、あわてて遠ざかる。激しく震える手を額に当て、「たんなる気のせいだ! たんなる気のせいだ!」と繰り返していたものの、正確にはなにを言おうとしていたのか自分でもよくわかっていなかった。

空虚なものではあっても、とにかく言葉を発することによって、まとわりつく雲を一気に払いのけるきっかけとなったのは確かだった。わたしはしばし解き放たれ、身軽になったような気がしていた。――すべて狂気のなせるわざだ――わたしはそう考えた。――昨日、突然の疫病が町を襲うという災難が起こる直前に、あれほど子ども染みた滑稽な仕草をしたせいで、わたしの頭の中に狂気が入り込んでしまったのだ。たいそう馬鹿げた迷信や、信じられない思い込みは、時にこのような偶然の巡り合わせから生じるものだ。といっても、わたしの場合、例の仕草という悪ふざけを数日しさえしなければ、そんな思い込みからも解放されるだろう。それがほんとうの疫病であれば——そうとしか考えられないが——、恐ろしい死者はこれからも発生を続けるはずで、発生したときは突然だったが、いきなりやむということは考えられまい。そのため、わたしは三日間ようすをうかがい、さらに五日、一週間、二週間……と待ってみた。だが、新たな死者が出たというニュースが新聞で報じられることはなかった。疫病の発生は、突如としてやんだのだ。

断っておくが、わたしはけっして錯乱しているのではない。したがって、自分の頭がおかしくなったのかもしれないという疑念を、脅迫観念のようにいつまでも抱きつづけることはできなかった。その内容を口にしようものなら、だれもが笑い転げずにはいられないような、そんな狂気なのだから。勘弁してくれ。そんな脅迫観念は、できるだけ早く取りのぞくにかぎる。でも、どうやって？　もう一度、指に息を吹きかけてみろとでも？　人間の命がかかっているのだ。わたしの行為は子ども染みた無邪気なものであり、それによって人が死んだとしても、わたしのせいではないという確証が必要だった。たとえ新たに死者が出ても、半月のあいだ鳴りを潜めていた疫病がふたたび頭をもたげたと解釈でき、最後の最後まで、自分が死をもたらしていることなどあり得ないと主張できる確証でなければならない。そうしているあいだにも、いずれにしても確証を得たいという悪魔めいた誘惑にわたしは駆られた。だが、そんな前代未聞の能力が自分に備わっているという確証は、自分が錯乱しているのではあるまいかという疑念よりもはるかに恐ろしいものだ。この誘惑に打ち克《か》つ術《すべ》が、はたしてあるのだろうか。

Ⅱ

もう一度、なんとしてでももう一度、試してみなければならない。ただし慎重に、控えめに。できるかぎり「正当な」試みを必要としていた。周知のとおり、死は正当なものではない。だが、わたしによってもたらされる死は――本当にわたしがもたらしているのだとしたら――正当なものでなければならなかった。

知り合いに愛くるしい少女がいた。その子は人形で遊ぶとき、ひとつの夢から醒めたと思ったら、また別の夢に入りこむといった具合に、まったく異なるさまざまな夢を見ていた。ある夢で山奥の村を訪れたと思ったら、別の夢では海の見える砂浜に滞在し、海の次には遥か遠い国へと旅をし、自分とはぜんぜん違う言葉を話す人びとに出会い……。いくつもの夢からようやく醒めたとき、彼女は二十歳になっていたものの、大人になりきることができず、たいそう子ども子どもしていた。

彼女のかたわらには一人の男がいたが、最後の夢から醒めたとたん、現実世界に戻り、二メートルはあろうかというほど背が高く、愚かで怠け者の、堕落した異邦人に姿を変えたのだった。彼女の腕には、人形の代わりに、見るからに哀れな小さな命が抱えられていた。病に冒されたその子どもの顔には、天使のような表情が湛《たた》えられていた。小さな身体全体が執拗な痙攣《けいれん》の餌食にされていたのだが、顔だけは恐ろしく歪められることを免れていたのだ。病名は正確には覚えていない。たしかポットといったような……。外国の医者の名前だ。おそらくイギリス人かアメリカ人だったろう……。綴りも定かではない（それにしても、自分の名前が病名に使われるなんて、栄誉といえるのだろうか！）が、「ポット病」［脊椎結核のこと］だったかもしれない。それもきわめて重篤《じゅうとく》な症状で、治療法もなかった。

その子は、話せるようにも歩けるようにもならないだろうし、容赦ない苦痛の猛襲のため、骨と皮ばかりに変形した小さな手を使うこともままならない。そんな状態で、あと数年は生きつづけるのだ。いまは三歳ぐらいだろう。とすると、せいぜい十歳前後までだろうか。

信じられない話だが、たとえば背の高い父親のように抱っこの上手な人の腕のなかでは、苦痛と苦痛のあいだの束の間、哀れなその子は笑みを浮かべることもある。天使のような小さな顔に湛えられるその笑みが幸せそのものであるため、それまで苦しそうに悶えていたことに対する恐怖がたちまち失せ、心から不憫《ふびん》でたまらなくなり、子どもを見守る人たちの目から涙がぽろぽろとこぼれ落ちるのだった。子どもの笑みの意味を理解できないのは医者だけだという事実が、いかにも皮肉だった。いや、もしかすると理解していたのかもしれない。というのも、両親の同意があり、法律で認められていたなら、ためらう必要のないケースだと医者は明言していたのだから……。法律というものは、現にしばしばそうなのだが、冷酷だからこそ法律なのであり、法律であることをやめないかぎり、慈悲深い存在にはなり得ない。

そこでわたしは、その子の母親を訪ねることにした。

通された部屋には影が充満し、カーテンの閉じられた二つの窓が遠くにあるように見える。窓の向こうには、暮れゆく空の薄明かりが感じられた。小さなベッドの足元にある肘掛け椅子に座っていた母親は、ひきつけを起こす我が子を抱いていた。わたしはなにも言わず、口元に二本の指をあて、子どもの上にかがみこんだ。そのまま息を吹きかけると、幼子はかすかに笑みを浮かべ、息をひきとった。我が子の身体が痙攣のせいで終始ひきつり、よじれることに慣れていた母親は、不意に息子が腕のなかで溶けて軟らかくなったように感じ、叫び声をこらえた。顔をあげてわたしを見、それから幼子を見た。

「なんということ！　この子にいったいなにを？」

「なにもしてやいない。見てのとおり、息を吹きかけただけだ」

「だって、死んでしまったわ！」

「これで、ようやく幸せになれたんだ」

わたしは彼女の手から幼子をとりあげると、力が抜けて軟らかくなったその身体をベッドに横たえた。血の気のない小さな口には、天使の笑みが残されていた。

「旦那はどこだい？　向こうの部屋か？　君を旦那からも解放してやろう。旦那にはもう、君を抑圧する理由はないはずだ。そしたら君はまた子どもに戻り、夢を見続けることができる。これで、夢から醒めてもなんの得もないことがわかっただろう」

旦那を探しにゆくまでもなかった。彼のほうから部屋の入り口にぬっとあらわれ、巨人のように呆然と立ちつくしていたのだ。すでに手にしたおぞましい確証によって舞いあがっていたわたしは、自分が際限なく大きくなり、彼よりもずっと背が高くなった気がした。「人生とはいったいなんなのだ！　見てごらん、ほんのひと吹きで、消えてなくなってしまう！」こう言って彼の顔に息を吹きかけると、自分がさも偉大になったように感じながら、その家を後にし、夜の町へと出ていった。

わたしだ。わたしだ。わたしこそが死なのだ。この二本の指と吐く息に死が宿っている。わたしは誰だって殺すことができる。これまで殺した人たちに対して公正を保つためには、いっそのこと全員を殺すべきではないだろうか。息が続きさえすれば、たやすいことだ。べつに誰かに恨みがあるわけではない。そもそも知り合いなどいないのだ。死と変わらない。フーッとひと吹きするだけで、おさらばだ。

いまわたしの目の前を、まるで影のように通りすぎてゆく人びとだけではない。吹き飛ばされた人間なら、それ以前にだっていくらでもいたではないか。だが、すべての人間に息を吹きかけ、すべての家を空き家にし、道路という道路、町という町、田園や山や海から人を消すことなどできるのだろうか。地球全体を無人にすることが可能だというのか？　できるはずがない。だとしたら、これ以上、誰も殺してはならない。一人たりとも。わたしは、この二本の指を切り落とすべきなのだろう。いや、指を使わなくとも、息を吹きかけるだけで効力があるのかもしれない。試してみようか？　とんでもない。もうじゅうぶんだ！　考えただけで、爪先から頭のてっぺんまで全身の毛がよだつのを感じた。息を吹きかけるだけでいいのかもしれない。だが、どうやって阻止しようか。どうしたら誘惑を抑えることができるのだ？　手で口をふさぐ？　つねに口をふさいでいることを自分に強いろというのか？

そんな訳のわからないことをつぶやいているうちに、ふと気づくとわたしは病院の開け放たれた門の前に差しかかっていた。入り口のホールには、おそらく救急搬送のための当直なのだろう、数人の看護師がいて、二人の巡査と老いた門番と立ち話をしている。玄関口では、丈の長い診察用の白衣を着た若い医師が、両手を腰にあてて外の通りのようすをうかがっていた。哀れなベルナボの臨終を看取《みと》った医師だ。訳のわからないことをぶつぶつとつぶやきながら、手を動かしていたせいだろう、通りかかるわたしを見て誰だか認めた医師は、笑い出した。

まったく余計なことをしてくれたものだ！　わたしは立ちどまり、医師にむかって声を荒らげた。「こんなときに、くだらない嘲笑いでわたしを挑発するのはやめてください。たしかにわたしです。ほら、指だって健在です」そう言いながら、わたしは、ふたたび先端が触れ合っている二本の指を見せた。「ひょっとすると、息を吹きかけるだけでじゅうぶんかもしれません。なんでしたら、ここにいる皆さんの前で試してみましょうか？」

それを聞いた二人の看護師と二人の巡査と老いた門番は、驚きと好奇心から近寄ってきた。唇には描かれたような笑みがへばりつき、相変わらず両手を腰にあてたままのこの罪深い医師は、こんどは心の中で思うだけでは気がすまなかったらしく、肩をすくめ、わたしに向かって言ったのだ。「あなたの頭はどうかしている！」「わたしの頭がどうかしているですって？」わたしは即座に言い返した。「ここ半月ほど疫病は発生していませんが、お望みなら、すぐにでもふたたび流行させ、おそろしい猛威を振るわせてみせますよ」「指に息を吹きかけてかね？」

医師のこの問いかけに続く耳障りな笑いに、わたしの身体はわなわなと震えた。いまの医師の言動に象徴されるように、あらがいようもなくわたしを誘惑しつづける例の仕草を、たんなる嘲笑の的で終わらせたくなければ、一瞬の苛立ちに身を委ねるべきでないということはわかっていた。わたし以外の誰一人として、その恐ろしい効果をまともに信じられる者はいないのだ。そうとわかっていても、わたしは苛立ちを抑えることができなかった。あたかもボタン大の火を肌に直接押しつけられたかのように、その嘲笑は、信じられない力をわたしに与えるのと引き換えに、死がわたしに刻みつけた冷やかしの烙印であると感じたのだ。

そんなわたしを挑発するように、若い医師が質問を畳みかけてきた。「疫病が止《や》んだなどと、誰が言ったのです?」それを聞いたわたしは、怯《ひる》んだ。収束したのではなかったのか? 羞恥心から顔面が赤くなるのを感じた。「新聞には……」と、わたしは言った。「ここのところ、新しい患者が出たとは書かれていません」「新聞にはそうかもしれませんが……」と、若い医師は反論した。「我々医者の、つまり病院側の見解は異なります」「まだ患者が出ているのですか?」「日に二、三人は」「同じ病気であることは確かなのですね?」「ええ、そうです。間違いありません。まもなく、どんな病気か解明されるでしょう。ですから、やたらと息を吹きかけるのはおやめなさい。みんなに笑われるだけです」そこで、わたしは言った。「わかりました。そういうことでしたら、わたしの気が狂っているわけですから、あなたは実験台となるのを恐れることもないでしょう。ここにおられる五人の方々の責任も負いますか？」わたしの挑戦的な口調に若い医師は一瞬戸惑ったが、すぐに口もとの冷笑をとりもどした。そして、五人に向かって説明した。「おわかりですかな？　このお方は指に息を軽く吹きかけるだけで、われわれ全員を死に至らしめることができると信じ込んでいるのです。実験台になりますか？　わたしはそのつもりですが」

すると、五人は冷ややかな笑いを浮かべながら、口をそろえて答えた。「いいですとも。どうぞ息を吹いてください。わたしたちも実験台になりましょう。さあ、どうぞ」こうして、六人とも顔を前に突き出すようにしてわたしの前に並んだ。それはまるで、病院のホールの、救急外来の赤いランプの下で演じられている芝居の一シーンのようだった。誰もが、狂人を相手にしているのだと信じて疑わなかった。こうなった以上、引き下がるわけにはいかない。「万一のことがあっても、疫病のせいで、わたしに責任はありませんね、いいですね？」そして、より確実に実行するために、これまでどおり二本の指の先をつけて、口に持っていった。息を吹きかけると、六人の顔つきが一人また一人とみるみる変化していった。六人とも屈みこみ、六人とも手で胸を押さえ、かすむ目で互いの顔を見合った。そのとき、巡査の一人がわたしに飛びかかり、手首をねじあげた。だが、直後に息ができなくなり、足ががくんと折れ、助けを乞うようにわたしの足もとに崩れ落ちた。残りの五人も、うわごとをいう者、両手で空《くう》を掻く者、目を剝《む》き口をひらいたままの者……。若い医師がこちらに倒れかかってきたので、わたしは反射的に空いているほうの腕で抱きとめようとした。ところが彼も、ベルナボのときと同じように、わたしを烈しく拒絶し、どすんと大きな音を立てて床に倒れこんだ。

集まってきた人の群れがしだいに大きくなり、玄関先に人垣ができた。野次馬が外から押すいっぽう、恐れおののいた人びとが入り口から後ずさりをはじめたので、ホールでの出来事を見ようとする人びとが真ん中でつぶされる格好となった。そして、事情を知っているはずだとばかりに、こともあろうにこの私に質問を投げかけるのだった。おそらくわたしの顔からは、彼らが抱えている好奇心も不安も恐れもうかがえなかったからだろう。とはいっても、自分がどのような表情をしていたのかはわからない。わたしは茫然自失していた。いきなり一群の猟犬に襲われた人間のように……。子ども染みた仕草に頼る以外、逃れようもなかったのだ。

わたしの眼には、恐怖とともに、目の前でくずおれた六人や、まわりを取り囲むすべての人びとに対する憐憫《れんびん》の情があらわれていたにちがいなかった。おそらくわたしは、道をあけてもらいながら、手当たりしだいの人に、笑みを浮かべて言っていたのだ。「ほんのひと吹きで……」云々《うんぬん》と。そのあいだにもホールの床では、最期の最期まで一歩も引こうとしない若い医師が、苦しげに身悶えしながらわめいていた。「疫病だ！　疫病だ！」すると、人びとはいっせいに逃げ出した。驚いて狂ったように走りだす大勢の人波のなかで、わたし一人が落ち着きはらい、それでいて悲嘆に暮れて歩いていた。酔っぱらいのように独りごとをつぶやきながら……。どのように歩いたかはわからない。気がつくと、一軒の商店の鏡の前にいた。そして、例のごとく二本の指を口にあて、息を吹きかけようとしていた。「ほんのひと吹きで……」その行為じたいは無害なものであることを証明するために、唯一可能な方法で、自分自身に対して息を吹きかけてみたかったのだろう。

ほんの一瞬、鏡の中に自分の姿を認めたが、その眼は、自分でも正視できないほど、死人のような形相に深く窪《くぼ》んでいた。すぐに、あたかもその空洞に呑みこまれたみたいに、あるいは目眩《めまい》に襲われたかのように、自分の姿が見えなくなった。あわてて鏡に触れてみた。鏡はそこに、わたしの眼前にある。鏡そのものは見えるのだが、その中にわたしの姿は映っていない。わたしは自分の身体に触ってみた。頭、胸、腕……掌にはしっかり身体に触った感覚が伝わってくるのに、目で見ることはできない。身体に触っているはずの手さえも見えなかった。だからといって、目が見えないわけではない。ほかのものはすべて見えているのだから。道路、行き交う人々、家並み、そして鏡。

わたしは、目の前にある鏡にもういちど触り、近くからのぞきこみ、中に映っているはずの自分の姿を探した。ところが、どこにもわたしの姿はない。指でガラスの冷たい触り心地を感じているはずの手さえ見えなかった。わたしは鏡の中に入り込み、吹き飛ばされて消失した己の鏡像を探したいという、狂気に似た激しい衝動に襲われた。そんなふうに鏡と対峙《たいじ》していると、商店から出てきた一人の男が、わたしにぶつかったかと思うと、慄《おのの》いて飛び退《の》き、口を開けて恐ろしい叫び声をあげようとしたものの、喉からはなにも出てこなかった。その場にいる何者かにぶつかったはずなのに、そこには誰もいなかったのだ。そのとき、わたしのなかで、自分がここにいることを大声で主張したいという抑えきれない欲求が頭をもたげた。わたしは空気の中から話しかけるように、彼の顔に息を吹きかけた。「疫病だぞ!」そして、彼の胸元を手で一突きし、押し倒した。

そのあいだにも、先ほど病院から逃げ出し、いまや憑かれたような表情で、わたしの姿を探してわれ先にと後もどりしてくる人びとで、通りはごった返していた。あらゆる方向から押し寄せる人でたちまち埋めつくされ、あふれていたのだ。青ざめた顔が高密度に詰まった濃い煙が、身の毛もよだつ悪夢にうなされて立ちのぼり、わたしを窒息させようとするかのように。だが、それほどの群衆に揉《も》まれていたにもかかわらず、目には見えない二本の指に息を吹きかけると、すっと隙間が生じ、前に進むことができた。「疫病だ！　疫病だ！」

もはや、わたしはわたしではなかった。いま、ようやくそのことが理解できた。わたし自身が疫病だったのだ。あらゆる亡霊、ほんのひと吹きで命を奪い去られた人間の亡霊……。どれくらい悪夢が続いたろう。その晩だけでなく、日付が変わってからもしばらく、わたしは群衆から脱け出そうと難儀していた。そして、ようやくぞっとする街の狭苦しい家並みから解放されたとき、田園の空気に包まれるのを感じた。わたし自身も空気となって……。

陽の光を浴びて、ありとあらゆるものが金色《こんじき》に輝いていた。わたしには肉体がなく影もない。あたりの真新しい緑がじつに新鮮で、心からさわやかさを求めているわたしの気持ちを慮《おもんぱか》って、いま芽生えたばかりのようだった。その緑はわたし自身でもあり、緑の草のうえに乗ろうとする昆虫が触れて葉が揺れ動くたびに、くすぐられるのを感じるほどだった。求愛中の二羽の白い蝶のように、切り離された一枚の紙となり、空を舞ってみる。

まさにその瞬間、なにかの悪戯《いたずら》なのか、ひと吹きの息がふきかけられ、ばらばらになった蝶の翅《はね》が、紙切れのように軽やかに宙を落ちていった。その向こうには、夾《きょう》竹桃《ちくとう》の見おろすベンチの上で、空色の薄地の服をまとい、小さなバラの飾りのついた大きめの麦わら帽子をかぶった若い娘が腰掛けていた。彼女はまつげを揺らして瞬きをし、考えごとをしていた。その顔に浮かべられた笑みが、私自身の若かりしころの思い出のように、彼女の存在を遠く感じさせた。わたしの人生の一シーンが切り取られ、もはや地球上の最後の一人となり、その場にとどまったとしか考えられなかった。たったひと吹きで消えてなくなる！　その途方もない甘美に、胸が締めつけられるほど彼女が不憫になり、もはや姿の見えないわたしは、その場で拳をぎゅっと握りしめ、息を押し殺しながら、彼女を遠くから見つめていた。わたしの視線は空気そのものであり、触られたという感覚を彼女に与えずに、そっと撫でることができるのだった。

（一九三一年）

5

甕

La giara

その年はオリーブも豊作だった。前年にもたくさん実をつけた木々は、花の時期に霧が立ちこめたにもかかわらず、どれも鈴なりだった。

プリモソーレにある農園で、手広くオリーブの生産をしていたツィラーファの見込みによると、貯蔵庫にある釉薬《うわぐすり》をほどこした古い陶製の甕《かめ》五つでは、今年収穫される分のオリーブオイルをすべては保管しきれない。そこで、六つ目のもっと容量の大きなものを、甕の生産のさかんな村、サント・ステファノ・ディ・カマストラに前もって注文しておいた。大人の胸ほどの高さがあり、でっぷりと丸みを帯びた立派な甕で、ほかの五つの甕が修道女だとしたら、こちらは修道院長、といった貫禄だった。

ドン・ロロ・ツィラーファが、甕をめぐって、窯《かま》の職人と喧嘩をしたのはいうまでもない。そもそも、彼が喧嘩を売らない相手などいないのだ。ありとあらゆる些細なこと――農園を囲う石垣から小石が落ちてきたとか、果ては一本の麦わらにも腹を立て、そのたびにラバに鞍をつけろ、町までひとっ走りして裁判所に訴えてやると、どなりちらす。そんなこんなで、やれ収入印紙だ、やれ弁護士への謝礼だ、さらには誰彼かまわず証人として呼びたてて、それぞれに経費を支払っていたために、もはや破産寸前の状態だった。

噂によると、ドン・ロロの顧問弁護士は、週に二度も三度もやってくるドン・ロロに辟易《へきえき》し、厄介払いに、ミサに配る祈禱書のような法典を渡したらしい。起こそうとしている訴訟の根拠となる法規を、自分で知恵を絞って探させようという魂胆だった。ドン・ロロに対して不満を抱く者はみな、彼の態度をあざけって「ラバに鞍をつけろ！」と口真似していたものだが、そのときからというもの、「法典を調べろ！」と言うようになった。

すると、ドン・ロロも言い返す。

「もちろんだとも。おまえたち、一人残らずこらしめてやるから待ってろよ。この野良犬どもめ！」

四オンツァもの大金をはたいて買った新しい甕は、貯蔵庫に場所を確保するまで、とりあえず圧搾場に置かれることになった。見たこともないほど見事な甕。風通しが悪く、薄暗い作業所は、鼻にツンとくる独特の饐《す》えた臭いが充満しているうえ、搾り汁でじめじめしていた。そこに甕が置かれている様は、哀れみを誘うものだった。

二日前からオリーブの実を落とす作業が始まっており、ドン・ロロは苛立ちの頂点に達していた。オリーブを叩き落とす小作人たちと、肥やしを積んだラバを連れたラバ曳きたちをどう捌《さば》いたらよいか、誰を優先したらよいかわからず、てんてこ舞いしていたからだ。肥やしは、次の季節に植えつけるそらまめのために、斜面に沿って小山のように盛っておかなければならない。ドン・ロロは口汚く罵《ののし》り、肥やしの山がほかよりも小さいとか大きいとか、あるいは、まるでオリーブが木に実っているうちに一粒一粒数えてあったかのように、オリーブの実がひとつ足りないなど と——それも、たったの一粒——いちゃもんをつけては、こらしめてやると脅すのだった。頭には古ぼけた白い帽子、シャツ一枚で胸ははだけ、顔は上気し、汗だくで、ほうぼう駆けずりまわる。狼のような鋭い目をめぐらせ、剃刀を当てるそばから勝気な鬚《ひげ》が頭をのぞかせる頬を、怒りにまかせてさすっている。

収穫の三日目も終わろうというころ、オリーブの実を叩き落としていた三人の農夫は、梯子《はしご》と竿をしまうため圧搾場に入るなり、足がすくんでしまった。例の新しい見事な甕が、スパッとした切り口をさらして二つに割れていたのだ。何者かが甕のふくらんだ部分をねらって、前面をそっくり切り落としたかのように。

「おい、あれを見ろ！」

「いったい誰の仕業だ？」

「ああ、なんてこった！ ドン・ロロがどれほど怒るか、わかったもんじゃない。よりによって、新しい甕がこんなありさまだなんて！」

なかでも、最初にそれを見つけた農夫がいちばん恐れをなし、戸をそっと閉め、このままこっそり立ち去ろうと提案した。梯子と竿は外の壁に立てかけておけばいい。

だが、二人目の農夫が反対した。

「おまえ、正気か？ 相手はドン・ロロだぞ！ そんなことをしたら、俺たちが割ったと疑われるに決まってる。いいか、二人とも、ここを動くなよ！」

そして圧搾場の外に出ると、口のまわりに両手をメガホンのようにあて、大声で呼んだのだ。

「ドン・ロロ！ おーい、ドン・ロロよぉ！」

ドン・ロロは、肥やしを降ろすラバ曳きたちと一緒に、斜面の下にいた。いつものごとく怒りながら手をふりまわし、ときどき両手で白い帽子を目深にかぶりなおしている。あまりに深くかぶるものだから、首筋や額がつっかかって脱げなくなることもしばしばだった。空はすでに日暮れの名残りの薄明かりも消えはじめ、夜の影が心地よい涼風とともに一帯を支配しつつある静けさのなか、年がら年じゅう怒りまくっているその男の乱暴な仕草ばかりがきわだっていた。

「ドン・ロロ！　おーい、ドン・ロロよぉ！」

ようやくやってきたドン・ロロは、真っ二つに割れた甕を見ると、気も狂わんばかりだった。その場にいる三人に罵詈雑言《ばりぞうごん》を浴びせ、一人の胸ぐらをつかみ、壁に押しつけて首をしめながら、どなりとばした。

「こん畜生、弁償してもらうからな！」

恐怖のあまり土気色に歪んだ形相の残りの二人が、あわてて止めに入ると、ドン・ロロの抑えようのない怒りは、自らに向けられる。帽子を地面に叩きつけると、両足で地団太を踏み、まるで親族の死を嘆くかのようにわめきながら、自分の両頬をはたいた。

「新品の甕が！　四オンツァもした甕が！　まだ使ってもいないというのに！」

ドン・ロロは、甕を割った犯人が誰なのか、なんとしてでも知りたがった。ひとりでに割れるなんてあり得ない。彼の顔に泥を塗るためか、妬みからか、いずれにせよ誰かが割ったにちがいないのだ！　だが、いつ？　どうやって？　力を加えたような跡はないではないか！　工房から送られてきたときに、すでに割れていたとか？　いや、そんなはずはない。まるで鐘のように、澄んだ音を響かせていたのだから！

最初の怒りの波が去ったのをみてとった農夫たちは、ドン・ロロに、落ち着いてくださいと懇願した。甕なら修理できますよ。粉々に砕けたわけではないのですから。割れ目は一つだけ。腕のいい継《つ》ぎ師ならば、買ったばかりと同じ状態に戻すことができるはずです。そうだ。ディーマ・リカーシ親方がいい。なんでも奇跡のパテを発明したらしい。ただし、製法はけっして誰にも明かさない。そのパテでくっつけたものは、たとえ金槌を使っても剝《は》がすことはできないそうですよ。お望みなら、明日の日の出とともにディーマ・リカーシ親方がここに来て、あっという間に甕を元通りに、いや、元よりも見事に修理してくれることでしょう。

ところがドン・ロロは、そのような助言にも頷《うなず》かなかった。そんなことはしょせん無駄に決まっている。直す術《すべ》はないと言うのだ。それでも、とうとう農夫たちに説き伏せられ、翌朝きっかり日の出の時刻に、道具の入った籠《かご》を背負うディーマ・リカーシ親方がプリモソーレにあらわれることとなった。

ディーマ親方は身体の歪んだ老人で、まるでサラセンオリーブの古い切り株のように、関節がごつごつとこぶだらけだった。彼の口から言葉を引き出すには、やっとこが必要ではないかと思うほど無口な男で、変形したその身体には、仏頂面《ぶっちょうづら》と深い悲しみがへばりついていた。あるいは、まだ特許こそとっていないものの、彼の発明家としての優れた腕前を理解し、評価してくれる者は誰もいないという不信の念かもしれない。

ディーマ・リカーシ親方は、修理の成果がすべてを語ってくれることを望んでいた。ただし、秘法が盗まれないよう、四方に目を配らなければならない。

「そのパテを、わしに見せてくれないか」

訝《いぶか》しげにディーマ親方のことをひとしきり見定めていたドン・ロロは、口をひらくなりそう言った。すると、ディーマ親方は首を横にふり、威厳たっぷりに言うのだった。

「仕上がりを見ればわかる」

「ほんとうにきれいに直るのか？」

ディーマ親方は籠を地面に置き、大きなよれよれの赤い木綿のハンカチにくるまれたものをとりだした。好奇心をおさえきれない周囲の者たちが固唾《かたず》をのんで見守るなか、包みをゆっくりとほどいていった。中から、つるとブリッジが壊れ、紐で固定された老眼鏡があらわれると、ディーマ親方は大きく息をつき、見ていた者たちはどっと笑うのだった。そんな周囲には構いもせず、親方は指をぬぐって眼鏡をつまみあげ、鼻にかけたかと思うと、いかにも深刻な面持ちで、麦打ち場に引き出された甕の状態を調べた。そして、こう言ったのだ。

「きれいに直る」

「だが、パテで直しただけでは信用できん」ドン・ロロは条件を出した。「鎹《かすがい》も使ってくれ」

「だったら、わたしは帰る」ディーマ親方は立ちあがって、籠を背負いながらそう言った。

ドン・ロロは親方の腕をつかんだ。

「どこへ行く？　このブタ親方、なんだ、その態度は。何さまだと思ってやがる。カール大帝でもあるまいに、いばりやがって！　惨《みじ》めな貧乏人！　このロバ男！　いいか、あの甕にはオイルを入れるんだぞ。オイルが浸《し》み出すのを知らないのか！　一マイルはあろうかという割れ目が、パテだけでつくわけがないだろう。鋲も必要だ。パテと鋲。このわしが命令を下す」

ディーマ親方は目をつむり、口をぎゅっと結ぶと、首を横に振った。まったく、どいつもこいつもそうなんだ。見事な技法で、まったく跡の残らない仕事をしてみせ、自慢のパテの効力を証明してみせる喜びを、誰もが頭から否定する。

「もし甕がまた鐘のような音色を立てなければ……」ディーマ親方が口をひらくと、「なにも聞きたくない」と、ドン・ロロがさえぎった。「鋲だ！　パテと鋲での修理費を払う。いくらだね？」

「もし、パテだけで……」

「まったく、なんて強情なやつだ！」ドン・ロロはわめいた。「わしの言うことがわからんのか？　鋲が必要だと言っただろう。話は仕事が終わってからだ。おまえ相手に無駄にする時間はない」

そして、小作人の仕事ぶりを監督するために、行ってしまった。

ディーマ親方は仕事にかかったものの、怒りと悔しさで腸《はらわた》が煮えくりかえりそうだった。怒りと悔しさは、甕と割れた破片の縁に、針金を通すための孔《あな》をドリルで一つ開けるたびに増していく。ドリルの音に合わせて吐き出される不満は頻度が増し、声も大きくなるいっぽうだった。怒りのあまり顔は紫にくすみ、癇癪《かんしゃく》のあまり燃えるように鋭い目つきをしていた。

最初の作業を終えると、ディーマ親方は怒りにまかせてドリルを籠のなかに投げ入れた。そして、割れた破片を甕に当てながら、孔が等間隔に並び、双方がぴったり合っているか確認した。それがすむと、ペンチを使って針金を切り、孔と同じ本数を準備した。それから、オリーブの実を叩き落としていた農夫を一人呼び、手伝いを頼んだ。

「ディーマ親方、そう落ち込むな!」農夫は、顔つきが変わってしまった親方を慰めた。

ディーマ親方は、うるさいというように手をあげた。パテの入ったブリキの容器を開け、まるで神に捧げるかのように天に高く掲げ、揺り動かした。人間どもはこのパテの効力を認めようとしないのだ。指で、まず破片のまわりをぐるりと一周、次に甕の割れ目に塗りつけた。それから、ペンチと先ほど準備した針金を持つと、窓が開いたようになっている甕のふくらんだ部分にもぐりこみ、先ほど自分がしたように、割れた破片をしっかりと押しつけてくれと農夫に頼んだ。

　鋲で固定する作業にかかるまえに、「引っぱってみろ！」と、ディーマ親方が甕の内側から叫んだ。「力いっぱい引っぱってみろ！　ほら、剝がれないだろ？　畜生！　信じない奴らは呪われるがいい！　甕を叩いてみろ。音が響くだろ？　中にわたしがいても、鐘のように響くんだ。ほら、おまえの主人のところへ行って、そう言ってやってくれ！」

「上に立つ者が命令するのさ、ディーマ親方よ」農夫はため息まじりに言った。「そして、下にいる者は苦い思いをするって、相場が決まってる！　おとなしく鋲を使え。鋲で固定するんだ」

　こうしてディーマ親方は、継ぎ目の手前側と向こう側にある隣り合った二つの孔に、短く切った針金を一本ずつ通していった。終わると、ペンチを使って針金の両端を縒《よ》り合わせた。全部の孔を針金で締め終わるまでに一時間ばかりかかった。ディーマ親方は、甕のなかで滝のような汗を流し、自分の運命を呪いながら作業をしていた。そのあいだじゅう、甕の外側から農夫が声援を送りつづけた。

　ようやく作業が終わると、ディーマ親方は言った。「手を貸してくれ。外に出る」

ところが、甕は腹の部分がやたらと広いくせに、首はきゅっと細くなっていた。それまで親方は、怒りのあまり気づかずにいたのだ。こうなると、押してみようが引いてみようが外に出られない。農夫は、手を貸すどころか、その場で腹をよじって笑い転げる始末。ディーマ親方は閉じ込められたのだった。自分の手で修理した甕のなかに閉じ込められ、もはや外に出るには、もう一度、そして今度ばかりは永久に甕を壊さなければならなかった。中途半端な解決策はあり得ない。

そこへ、笑い声と叫び声を聞きつけたドン・ロロがやってきた。甕の中のディーマ親方は、さながら獰猛な猫だ。

「ここから出してくれ！」声をかぎりにわめいている。「畜生！　出してくれ！　いますぐだ！　なんとかしてくれ！」

それを見たドン・ロロは、はじめは唖然としていた。とうてい信じがたい光景だった。

「どういうことだ？　甕の中だと？　自分のことを甕の中に閉じ込めて、縫っちまったのか？」

甕の縁まで行くと、ディーマ親方にむかって大声で話しかけた。

「手を貸せだと？　わしになにができるというんだね？　この間抜け爺《じじい》め！　どう

いうことだ？　先に寸法を測るべきじゃなかったのか？　ほら、片腕を外に出してみろ……そうだ！　よし、次は頭……ダメだ！　そっとしろ！　なにしやがる！　いったんおろして……ストップ！　それじゃあ無理だ！　腕をおろせ……。それにしても、どうしてこんなことに？　甕はどうしてくれる？　焦るんじゃない！　落ち着け！　落ち着くんだ！」

ドン・ロロは、必死になってまわりの者たちに言った。だが、落ち着きを失っているのは自分のほうだった。

「脳みそが沸騰しそうだ！　落ち着け！　これは新しいケースだぞ……。ラバの準備をしろ！」

ドン・ロロは、握り拳をつくり、指の付け根の関節で甕を叩いてみた。鐘のように音が響く。

「こいつは見事だ！　新品同様に直ってやがる……。待ってろよ！」ドン・ロロは、まず中に閉じ込められているディーマ親方に言った。それから、農夫にむかって、「ラバに鞍をつけるんだ！」と命じた。続いて、十本の指で額を掻きむしりながら、ひとりごとを言った。──まったく、とんだ災難に遭ったもんだ！　こいつは甕なんかじゃない！　悪魔のからくりだ！　いいか、動くんじゃないぞ。そこでじっとしてろ！――

ドン・ロロは駆け寄って甕を押さえた。怒髪天を衝《つ》いたディーマ親方が、まるで罠にかかった獣のように中でばたばたと暴れだしたのだ。

「いいか、ディーマ爺さん、これは過去に例のないケースだから、弁護士に解決してもらわないとならん。わしの手には負えない。ラバだ！　ラバの準備をしろ！　すぐに帰ってくるから、辛抱しててくれ！　それがおまえさんのためにもなるんだからな。そのあいだ、暴れるんじゃないぞ！　焦りは禁物だ！　わしは自分の権利を守る。自分の権利を守るには、まず義務を果たさなければならん。そこでだ、おまえさんに修理代を支払おう。今日の日当だ。五リラでどうだ。足りるかね？」

「金なんて要らん！」ディーマ親方がわめいた。「ここから出せ！」

「出すと約束する。だが、その前に支払いをすませておく。ほら、五リラだ」

ドン・ロロはベストのポケットから五リラを取りだすと、甕の中に放りこんだ。それから、猫なで声で尋ねた。

「食事はすんだのかい？　パンとおかずになるようなものを、すぐに持ってこさせよう！　欲しくないだって？　だったら、犬にでもやってくれ。とにかく、食事を支給したという事実が大事なんだ」

ドン・ロロは、食べ物を持ってくるように言いつけると、ラバにまたがり、町まで全速力で飛ばした。その姿を見た者たちが、自ら精神病院に入院しに行くつもりなのかと見まがうほど、奇怪な手振りをしていた。

幸い、弁護士事務所では順番を待つ必要はなかった。そのぶん、事件についての説明を聞いた弁護士が笑いやむまで、ずいぶんと長く待たされた。弁護士の笑いっぷりにドン・ロロは苛立った。

「なにがそんなにおかしいんだね？　弁護士どのには痛くもかゆくもないことかもしれんがな。甕はわしのものだ！」

それでも、弁護士は笑いつづけるだけでなく、もっと笑いたいとばかりに、ことの顚末《てんまつ》を最初から聞きたがった。甕の中ですって？　自分から甕の中に入って、出られないように縫ってしまった？　それで、ドン・ロロ、あなたはどうするおつもりで？　職人を中に入れっぱなしにしておく？　ワッハッハ……ああ、苦しい……。甕を壊さないために、ずっと中に入れておくというのですか？

「どうしても割らないといけないかね?」そう質問するドン・ロロの握った両の拳に、力がこもった。「それで、損害と屈辱はどうなる?」

「それより、このようなケースをなんと呼ぶかご存じですか?」ようやく笑いがおさまった弁護士は言った。「不法監禁ですよ」

「不法監禁? いったい誰が爺さんを監禁なんてしたんだね?」ドン・ロロは声を荒らげた。「自分で自分を監禁したんじゃないか! わしになんの罪がある?」

そこで、弁護士は問題点が二つあることを説明した。まず、ドン・ロロのほうでは、不法監禁に当たらないために、閉じ込められている継ぎ師をただちに解放しなければならない。いっぽう、継ぎ師のほうは、自分の不手際と不注意から生じた損害を弁償しなければならないというのだ。

「おお!」ドン・ロロはほっと息をついた。「つまり、甕の代金を払ってもらえるわけだ!」

「そう先を急ぎなさんな」弁護士は指摘した。「いいですか、新品の甕の代金ではありませんよ」

「どうしてだ」

「どうしてって、割れていたからに決まっていますよ、ドン・ロロ」

「割れてただって？　弁護士どの、それは違う。今は完全な状態だ。無傷よりももっと立派なくらいだと、爺さんが自分で言ってたぞ！　それなのに、農場にもどってもういちど割ったら、修理はもう不可能になる。せっかくの甕が使いものにならなくなるんだぞ！」

弁護士は、すべての事情を考慮したうえで、甕が現状でどれほどの価値があるものかを判断して弁償させるのだ、と説明した。

「そうだ、あらかじめ本人に、価値を算定させるのがよいでしょう」と助言した。

「弁護士どの、感謝するぞ」そう言うなり、ドン・ロロは急いで帰っていった。

ドン・ロロが農場に戻ったときには、日が暮れかけていた。なんと、農夫たちが、ディーマ親方の住処《すみか》となった甕を囲んで、お祭り騒ぎをしているではないか。番犬までが、跳びはねたり吠えたりしながら祭りに参加している。ディーマ親方は平静をとりもどしていた。それだけでなく、彼自身も、その奇天烈《きてれつ》な体験を楽しむ余裕まで生まれたようで、悲しみを抱えた者に特有の、うわべの明るさで笑っていた。

ドン・ロロは農夫たちをかきわけて進み、身を乗り出すようにして甕の中をのぞきこんだ。

「おい！　居心地はいいか？」

「最高だね。なにより涼しい」ディーマ親方は答えた。「うちよりいいくらいだ」

「そいつは結構。最初に言っておくが、この甕は、真新しい状態で四オンツァだった。いいか。そのうえでおまえに訊《き》く。いま、この甕はいくらの価値があると思うかね？」

「中にいるわたしも含めて？」ディーマ親方が訊き返すと、農夫たちがどっと笑った。

「うるさい！」ドン・ロロが大声をあげた。「おまえのパテには効果があるのか、なんの役にも立たない代物《しろもの》なのか、どっちだ。もしなんの役にも立たない代物なら、おまえはペテン師ということになる。だが、もしも効果のあるものなら、いまの状態の甕にはそれなりに価値があるはずだろう。それがどれくらいの値段なのか、おまえ自身で判断しろと言っているのだ」

ディーマ親方はしばらく考えこんでいたが、やがて口をひらいた。

「答えよう。最初に、わたしの望みどおりパテだけで修理させてくれたなら、わたしはこの中に閉じこめられることはなかった。その場合、甕は新品とあまり変わらない価値があったはずだ。だが、どうしたって内側から締めなければならないこんな鎹だらけの甕に、どれほどの価値があるというんだね？　最初の値段の、せいぜい三分の一あるかないかだ」

「三分の一だって？」ドン・ロロは訊きかえした。「一・三三オンツァということだな」

「それ以下であっても、それ以上ということはない」

「よし」と、ドン・ロロは言った。「では、おまえの言葉どおり、わしに一・三三オンツァを支払え」

「なんだって？」ディーマ親方は、理解できないというように訊き返した。

「わしは、この甕を割っておまえを外に出してやる」ドン・ロロは説明した。「その代わり、おまえは自分がつけた金額をわしに支払わなければならないと、弁護士が言ったのだ。つまり、一・三三オンツァだ」

「わたしが支払うだって？」ディーマ親方は嘲笑った。「旦那、冗談じゃない！　死んで蛆《うじ》がわくまで、わたしはここにいることにする」

そう言い放つとディーマ親方は、いくぶん苦労しながら、ポケットからヤニのこびりついたパイプを取りだし、火をつけてふかしはじめた。甕の口から煙を吐き出している。

ドン・ロロは弱りはてた。ディーマ親方が甕から出たがらないケースは、ドン・ロロも弁護士も想定していなかったのだ。どうすれば解決できるのだろう。ドン・ロロは、「ラバの準備を……」とどなろうとしたが、もう夜であることに気づき、思いなおした。

「そうか」と、ドン・ロロは言った。「おまえはわしの甕を住処にするというのだな？　いいか、ここにいるみなが証人だぞ！　甕の代金を支払わないために、こいつが自分で出たくないと言ったんだからな。わしは、この甕を割る覚悟があったんだ。それでもおまえがそこにいたいと言うなら、明日、不法占拠と、甕の使用を妨害した罪で訴えてやるぞ」

ディーマ親方は、ふたたび煙を大きく吐き出すと、平然と言った。

「いや、旦那。わたしはなにも妨害するつもりはない。わたしだって好きでここにいるわけじゃない。ここから出してくれさえすれば、大喜びで出ていくさ。ただし、びた一文払うつもりはない」

ドン・ロロは怒りがこみあげ、甕を蹴とばしてやろうと片方の足をあげた。だが、思いとどまった。その代わり、両手で甕をつかみ、身体をふるわせながら力いっぱい揺り動かした。

「みごとなパテでしょう？」ディーマ親方は得意げだ。

「このならず者！」ドン・ロロは呻いた。「過ちをしでかしたのはわしではなく、おまえだろう。それなのに、わしが代償を払わねばならんのか？　そこで飢え死にするがいい！　こうなったら、根くらべだ！」

そう言い捨てると、ドン・ロロは去っていった。昼間、甕の中に投げ入れた五リラのことなどすっかり忘れていたのだ。ディーマ親方はその金で、とりあえずその晩、農夫たちと騒ごうと考えた。奇天烈な出来事のおかげで帰りそびれてしまった農夫たちは、そのまま農場に残り、麦打ち場で野宿をすることにしたのだ。一人が近所の食堂まで買いだしに出かけた。なにかの悪戯《いたずら》であるかのように、昼と見まがうほど明るい月が輝いている。

夜も更けたころ、すでに寝入っていたドン・ロロは、地獄のようなどんちゃん騒ぎに目が覚めた。農場のバルコニーから顔を出すと、なんと月明かりの下、麦打ち場に大勢の悪魔がいるではないか。千鳥足の小作人どもが手をつなぎ、甕を囲んで踊っていた。甕の中では、ディーマ親方があらん限りの声を張りあげて歌っている。もはや、ドン・ロロは自分を抑えることができなかった。猛り狂った雄牛のように麦打ち場まで駆け降りると、農夫たちが制止する間もなく、甕を思いっきり押し倒した。倒れた甕は、斜面を転げ落ちてゆく。酔っぱらいの笑い声が響くなか、ごろごろと転がった甕は、オリーブの木に体当たりし、割れてしまった。

こうして、ディーマ親方が勝利を収めたのだ。

（一九〇九年）

6

手押し車

La carriola

まわりに誰か人がいるとき、わたしはけっして彼女を見ることはない。しかし、彼女がわたしを見ているのを感じる。彼女が見ている。一瞬たりとも視線をそらすことなく、わたしをじっと見つめている。

面と向きあって、説明してやりたい。たいした問題ではないのだと。不安になる必要はないと。この束の間の行為は、おまえ以外の相手とはできないのだからと。おまえにとってはどうでもいいことでも、わたしにとってはすべてなのだ、と。毎日わたしは好機をうかがい、誰にも知られないようこっそりと、おぞましいほどの悦びとともにその行為に至る。行為に耽ることにより、神がかった恍惚と自覚のうえの狂気を味わい、身震いする。ほんの一瞬、己を解き放ち、すべてに対する復讐をなしとげるのだ。

この行為を誰にも暴かれることはないという確信が、わたしには必要だった（そんな確信を持てる相手は、彼女以外には考えられまい）。万が一他人に知られでもしたら、もたらされる損害は——それも、わたしにだけおよぶのではない——はかりしれないものになるだろう。そんなことになったら、わたしはおしまいだ。恐れられ、捕らえられ、縛りあげられ、精神を病む者たちが入る療養所にひきずっていかれる。

わたしのこの行為を知られた場合にまわりの人びとが感じるだろう恐怖は、ちょうどいま、わたしの犠牲となる彼女の眼に浮かんでいる恐怖とおなじものだ。

数えきれないほどの人びとの人生、名誉、自由、財産が、わたしの手に委ねられている。彼らは、わたしの文書や、助言や、サポートを求め、朝から晩までつきまとうのだ。それだけでなく、公の場においてもプライベートにおいても、わたしには多大な責任が重くのしかかっている。妻もいれば子どもたちもいる。妻も子も、身の処し方を心得ていないことがしばしばで、つねにわたしの威厳ある態度によってコントロールする必要があった。わたしが、非の打ちどころなく、ありとあらゆる義務にぶれることなく従ってみせることによって、つねに模範を示しつづけなければならなかったのだ。夫として、父として、一市民として、法学教授として、弁護士として、いずれも甲乙つけがたいほど重大な義務が、わたしにはあった。そのため、万が一秘密を知られでもしたら、たいへんなことになる！

たしかに、わたしの犠牲者である彼女は喋ることができない。それにもかかわらず、数日来、わたしは以前のような確信が持てなくなり、不安にかられ、打ちひしがれていた。というのも、彼女が喋れないのは事実だが、わたしをじっと見つめるのだ。なんともいえない目でわたしを見る。その目に明らかな恐怖の色が浮かんでいるため、いまにも誰かが気づき、理由を追及しようとするのではあるまいか……。わたしはそれを恐れていた。

繰り返すが、そんなことになれば、わたしは一巻の終わりだ。わたしのその行為の真の意味を理解し評価してくれる人は、あるとき不意に人生の本質を垣間見たわたしとおなじように、人生の本質を垣間見たことのある、ごくひと握りの人間にすぎないのだ。

言葉にし、他人に理解してもらうのは容易ではないことを承知のうえで、あえて話してみることにしよう。

わたしは、出張で滞在していたペルージャから、半月ほど前に戻ってきたところだった。

わたしのもっとも重大な義務のひとつが、全身にのしかかる疲労感や、自ら課した、あるいは他人に課せられたあらゆる責任の、とてつもない重みを知覚しないよう努めることだった。そして、わたしの疲れきった意識が、折りにふれて気分転換の必要があると求めてくるのに対し、頑として屈しないことであった。手ぐすねを引いて待ちかまえる煩《わずら》わしい諸事から生じる疲労が臨界点に達したとき、わたしに許された唯一の対処法は、別の新たな雑事に意識をふり向けることだった。

そんなわけで、列車に乗り込むさい、わたしは読んでおくべき新しい書類をいくつか革鞄に入れておいた。そして、それらに目を通しているうちに最初に行きあたった難解な箇所で、視線をあげ、列車の窓を見た。外の景色を眺めてみたものの、意識は難解な箇所に集中していたため、目はなにも見ていなかった。

いや、じつのところ、なにも見ていなかったというのは正確ではない。目にはたしかに映っていた。ウンブリア地方の田園風景ののどかな美しさを目にし、おそらく眼球ではそれを堪能してもいた。それでもわたしは、目に映るものには明らかに注意をはらっていなかった。

わずかずつながら、わたしをとらえている難問に対する意識がゆるむことはあっても、だからといって、わたしの眼前をかろやかに通りすぎてゆく、心安まる澄んだ田園風景をしっかりと知覚するわけではなかった。

わたしは、目にしているものについて考えていなかっただけでなく、もはやなにも考えてはいなかった。どれくらいの時間そうしていたかわからないが、曖昧《あいまい》で不可解であると同時に、明晰で穏やかな思考停止のような状態に、わたしはあった。それはまた、風通しのよいものだった。わたしの精神が、あたかも感覚からひきはがされ、はてしなく遠ざかってしまったようだ。そうして不思議なことに、わたしの精神のものとはとても思えない繊細さでもって、別の人生の蠢《うごめ》きをかすかに感じていた。それはわたしの人生ではないが、わたしのものとなり得たかもしれない人生だった。この場所ではなく、今という時でもなく、あの、はてしなく遠い場所の、遥かに彼方の人生なのだ。それはおそらく、わたしの精神の人生だったのだ。いつのことかも、どのようにしてなのかもわからないが……。

その人生におけるさまざまな行為ではなく、様相でもなく、生じるそばから消えてしまう願望のようなものの記憶だけが、わたしの精神にまとわりついていた。そこに存在しないという苦悩とともに。それは漠然としてはいたものの、心を苛《さいな》む、烈《はげ》しい苦悩だった。おそらく、花を咲かせることのできなかった蕾《つぼみ》にも似た、そんな苦悩だった。要するに、生きるに値したはずの人生の蠢きなのだ。あのはるか彼方で、光が点滅し、揺れながら、その存在を誇示している。だが、それは生じなかった人生なのだ。その人生においてこそ、わたしの精神はようやく、すべて完全な形で、欠けることなく、自身の姿を見いだせるはずなのだ。その人生において、わたしの精神はただ楽しむだけでなく、苦悩も味わうのだが、その苦悩はまぎれもなくわたしの精神のものなのだ。

知らず知らずのうちに瞼《まぶた》が閉じていき、眠りのなかで、わたしはその生じなかった人生の夢のつづきを見ていた。おそらくそうだったのだろうと思う。というのも、もう少しで目的地に着くというころ、身体じゅうがしびれ、口のなかが苦く、からからに渇いた状態で目が覚めたとき、わたしは別の精神にのっとられていたから。これまでの人生に対して途轍《とてつ》もない倦怠を感じ、陰鬱でどんよりとした驚きのなかにいた。これまでの習慣だった諸事が、あらゆる意味を失ってしまったかのように見え、しかもそれがわたしの目には、おそろしく耐えがたいほど深刻に思えたのだ。

このような精神状態でわたしは駅に降りたち、出口で待っていた車に乗り込み、家へと向かった。

こうして、わたしは自分のアパートメントの階段に着き、自分の家のドアの前の廊下に立っていた。

そのとき、ブロンズ色をした暗いドアの前に、ふと見たのだった。ドアには、わたしの名前が刻まれた楕円形の真鍮《しんちゅう》の表札がかかっている。名前の前には肩書きが、後ろにはこれまでのわたしの学術・職業上の業績が記されている。そのドアの前に、まるで外から眺めているかのように、わたし自身の姿とわたしの人生を垣間見たのだ。だがわたしは、それをわたし自身だと認めることも、わたしの人生だと認めることもできずにいた。

突如として、わたしは革の鞄を小脇に抱えてドアの前に立っている男が、その家に住んでいる男が、自分ではないのだという確信を抱いて、ぎょっとした。これまでもずっと、自分ではなかったのだ。不意にわたしは、自分がその家だけでなく、その男の人生からもずっと不在だったことを思い知った。いや、いっさいの人生において、まぎれもなく、確実に不在だったのだ。わたしは、これまでけっして生きたことなどなかった。一度だって人生に存在したことはなかった。つまり、わたしのものだと認めることのできる人生、わたしが望み、わたしのものとして実感できる人生において、わたしが存在したことはなかったのだ。目の前にいきなり、そのような服装で、そのような格好をしてあらわれたわたし自身の身体も、わたしという人物も、わたしとは無関係な人間のように思えたのだ。あたかも何者かがたくらんで、そのような人物像をわたしに押しつけたとでもいうように。わたしを他人の人生において操るために、つねに不在だったその人生に、あたかもわたしが居るような行動をとらせるために……。そして今、わたしの精神が、これまで一時たりとも、一瞬たりともそこに居なかったことに、突如として気づいたのだった！

　わたしを装っているあの男を、あのように造りあげたのは誰なのか。あのように望んだのは誰なのか。あの男にあのような服を着せ、ズボンをはかせたのは誰なのか。あの男をあんなふうに動かし、喋らせているのは誰なのか。あの男に、ことごとく重苦しくいやらしい義務をあれほど押しつけたのは誰なのか。受勲者《コンメンダトーレ》、教授、弁護士……誰もがあの男を求め、あの男に敬意をはらい、賞賛する。誰もが競い合うようにしてあの男の文書や助言、サポートなどを欲しがり、一時たりとも安らぎを与えず、息をつかせもしない……。あの男がわたしだと？　わたしだというのか？　ほんとうに？　そんなはずがない！　あの男が朝から晩までどっぷりと浸《つ》かっていた煩わしい諸事など、わたしにいったいなんのかかわりがあるというのか。もろもろの尊敬も、彼が享受していた特別扱いも、受勲者、教授、弁護士といった地位も、そしてさまざまな義務や職務を怠ることなく、せっせと果たすことによって得た富も栄誉も、わたしにはいっさいかかわりのないことだ。

わたしの名の入った楕円形の真鍮の表札を掲げたドアの向こうには、一人の女と四人の子どもが待っていた。彼らは毎日、わたしであるはずの我慢ならないその男を――いまやわたしは、その男の姿にわたしとは別の人物を……敵を見ていた――、嫌悪感とともに眺めていた。それは、わたし自身が抱いていた嫌悪感と同種のものだったが、わたしは、そのような気持ちを彼らが抱くことに耐えられなかった。あの女はわたしの妻なのか？　わたしの子どもたちなのか？　だが、あの男がこれまでずっとわたしではなかったのなら、ドアの前に立っている我慢ならない男がわたしではないのなら（わたしは、そのことに恐ろしいまでの確信を抱いていた）、あの女はいったい誰の妻なのか？　あの四人の子どもたちは、いったい誰の子だというのか？

わたしのではない！　あの男の妻子だ。わたしの精神が、この瞬間において肉体を持つことができたなら、まがいもない肉体を持つことができたなら、まがいもない姿を持つことができたなら、すべての煩わしい諸事や義務や名誉や尊敬や富とともに、足蹴にし、つまみだし、引き裂き、めちゃめちゃにしてやったであろう男のものなのだ。妻も一緒に。そう、おそらく妻も一緒に……。

だが、子どもたちは？

わたしは両手をこめかみに持っていき、ぎゅっと頭を抱えた。だめだ。わたしの子どもたちだと感じることはできなかった。それでも、これまで毎日まいにち顔をつきあわせ、わたしを必要とし、わたしの世話や助言や仕事を求めてきた、わたしの外の世界にあるはずの彼らの、なんとも奇妙な、重苦しい、不安に満ちた感情に押されるように、こうした感情越しに列車のなかで知覚した、やりきれない倦怠感とともに、わたしはドアの前に立っているその我慢ならない男のなかに戻ることにしたのだ。

わたしは、ポケットから鍵をとりだし、ドアを開け、その家のなかに……これまでの人生のなかに入っていった。

これこそがわたしの悲劇だった。「わたしの」と言ったが、いったい何人の人がこうした悲劇に見舞われていることだろう。

要するに、生きている者は、生きているかぎり、己を見ているのではなく、ただ生きているのみ……。もしも己の人生が見えるとしたら、それはもう、その人生を生きていない証拠である。ただ人生を耐え忍び、ひきずっているにすぎない。あたかも、息絶えてしまったかのような人生をひきずっているだけなのだ。なぜならば、あらゆる形が、それじたい、死なのだから。

そのことを理解している者は、ごくわずかにすぎない。ほぼ全員といってもいいくらい大多数の人間が、世間一般にいわれている地位を築くために、形に到達するために、日々闘い、憔悴《しょうすい》する。そしてひとたび形に到達すると、自分たちの人生を掌握したと思いこむが、じっさいには死へと歩みはじめているのだ。ただし、誰もそれを知らずにいる。なぜなら、己の姿は見えないのだから。ようやく到達した瀕死の形から、もはや逃れることはできない。己が死んでしまったことに気づかずに、生きていると思いこむ。自ら与えた、あるいは他人に与えられた形や幸運、めぐりあわせ、各人が生まれついた境遇というものを見極められる者だけが、己を知ることができる。だが、その形が見えるということは、われわれの人生がもはやそこにはないという証拠である。たしかに、人生が目の前にあれば、われわれはそれを見ることなく生きるほかはないのだから。そのなかで、正体を知りもせずに、一日いちにちと死んでいく。なぜなら、それじたいが死なのだから。つまり、われわれが目にし、知り得ることは、われわれのなかの死んだ部分だけなのだ。己を知るということは、すなわち、死を意味する。

わたしのおかれた状況は、さらに悪かった。わたしが見ていたのは、わたしのなかの死んだ部分ではなく、これまで一時《いっとき》たりともわたしは生きていなかったという事実だった。他人が――わたしではない――わたしに与えた形を目にし、わたしの人生は、わたしの本物の人生は、いちどだってその形のなかに存在していなかったことを知覚する。わたしは、どこにでもある材料のように扱われ、脳と、精神と、筋肉と、神経と、肉体とをあてがわれ、彼らの思うがままに練りあわされ、形成されたのだった。

仕事をし、行動し、ひたすら義務を果たすために。

わたしは必死になってそこに自分自身の姿を探し求めるが、見つからない。そこで叫びだす。一度だってわたしのものだったことのない、この死んだ形のなかで、わたしの精神が叫びだす。いったいどういうことだ？　これが、わたしだって？　こんな人間が、わたしだって？　そんなはずがあるものか！　わたしは吐き気をもよおし、戦慄する。わたしではない、一時たりともわたしであったことなどない、その形に対する憎悪がこみあげる。わたしを捕《と》らえて放さない、その死んだ形に対する憎悪。わたしのものとはとうてい思えない義務ばかりが、重くのしかかる形。わたしにはかかわりのない、煩わしい諸事で抑圧された形。わたしにはどうでもよい敬意の対象となっている形……。

もろもろの義務も、煩わしい諸事も、このような敬意も、いっさいがわたしの外部にあり、わたしのうえを素通りする。わたしに重くのしかかり、苦しめ、押しつぶし、息さえもさせてくれない、虚《むな》しいことども。死んだことども。

そこから自分を解き放てばいいと？　だが、事実が起こらなかったようにすることは誰にもできない。死がわたしたちを捕らえて放さないのに、それを打ち消すことは誰にもできない。

事実というものがある。人は、いったん行為をおこなったならば、たとえおこなった行為のなかに、のちのち己を感じることができなかったとしても、己の姿を見いだすことができなかったとしても、その行為が、己を捕らえる檻《おり》のように、そこにとどまるものだ。そして、その行為の招いた結果が、あたかもとぐろのように、蛸《たこ》の足のように、己のまわりをとりまくのである。その行為と、それが招いた結果のために、望みもしないまま、予期しないまま、引き受けざるを得なくなった責任が、息もできないほど濃密な空気のように、己のまわりに重苦しくまとわりつく。そんな状態で、どうやって自己を解き放てというのだ？　わたしのものではないにもかかわらず、こうしてわたしを象徴し、あらゆる人びとがわたしを見出し、わたしだと認識し、望み、尊敬している形に囚われているわたしが、どうやったら別の人生を、本物のわたしの人生を手に入れ、動かすことができるというのか？　わたし自身は死んでいると感じたとしても、ほかの人たちにとっては存続しつづけなければならない、彼らがほかでもなくそのように望み、造りあげた形を成した人生ではないのか？

わたしの人生の形は、なんとしてでもこうあるべきなのだ。こうであることが、妻にとっても、子どもたちにとっても、社会にとっても、ひいては法学部の学生にとっても、わたしに人生や名誉、自由や財産を委ねる顧客たちにとっても、必要だった。

そうでなければならず、わたしにはその形を変えることも、足蹴にすることも、とりのぞくこともできない。抵抗も復讐もできない。唯一わたしに可能なのは、毎日、ほんの一瞬間だけ、誰にも見られないように細心の注意をはらい、好機をうかがいながら、こっそりと例の行為に至ることだけだった。

そう。わたしは、雌の老いた牧羊犬を一頭、十一年前から室内で飼っている。白と黒のぶちで、太っていて、背が低く、毛むくじゃらで、目は老いのせいですでにどんよりと濁っている。

わたしと彼女とは、これまでよい関係にはなかった。おそらく、彼女は当初、家のなかで音をたててはいけないというわたしの仕事を、受け入れられなかったのだろう。だが、齢をとるにしたがって、しだいにみとめていった。そして、いつまでも彼女と庭で駆けずりまわりたがる子どもたちの、気まぐれな横暴から逃げだすために、しばらく前からわたしのいるこの書斎に避難してくるようになった。

朝から晩まで、絨毯《じゅうたん》のうえで、両の前足のあいだにとがった鼻先をうずめて眠っている。ここにいれば、たくさんの書類や書物にかこまれ、守られているような安心感があるのだろう。そして、ときおり片目をうすく開け、わたしを見あげる。

まるで、「偉いわね。そう、その調子で働きなさい。そこから動いてはダメよ。だって、あなたがそこで仕事をしているかぎり、子どもたちは誰もここには来ないから、あたしの眠りが妨げられることもないの」とでも言いたげだ。

哀れな犬は、そんなふうに考えていたにちがいない。もう半月ほど前になるだろうか、そんな目でわたしを見あげる彼女を見ているうちに、彼女を相手に復讐をなしとげたいという欲望がこみあげてきた。

べつに痛い思いをさせるわけではない。彼女に、とくになにをするというわけではない。可能なタイミング、すなわち来客たちが一瞬わたしを一人にしてくれるような時をうかがい、わたしは物音をたてないよう、慎重に肘掛け椅子から立ちあがる。人びとがおそれ羨《うらや》むわたしの学識が、法学教授であり弁護士であるわたしのすばらしい知識が、夫としての、父親としての非の打ちどころのない威厳が、わずかのあいだ、この玉座のような肘掛け椅子から離れることを、誰にも知られないように。そして、爪先立ちで部屋の入り口へ向かい、誰かがとつぜんあらわれないか、廊下をこっそり偵察し、ほんのしばらくのあいだ、ドアに鍵をかける。

わたしの目は悦びに輝き、これからおこなおうとしている快楽のために両手が震える。それは、狂人になるという快楽だ。ほんの一瞬だけ、狂気に身を委ねる。ほんの一瞬だけ、牢獄のようにわたしを捕らえているこの死んだ形から脱けだす。わたしを窒息させ、押しつぶすこの学識や威厳を、ほんの一瞬だけ嘲笑《あざわら》い、めちゃめちゃにし、否定する。わたしは彼女のもとに……絨毯のうえで眠っている雌犬のもとに走り寄る。そして、彼女の二本の後ろ足を優しくそっとつかみ、手押し車のように歩かせるのだ。後ろ足をわたしが支え、前足だけで八歩か、多くても十歩、歩かせる。

それだけのことだった。ほかになにをするわけでもない。それが済むとドアへと急ぎ、カチャリとも音を立てないように静かに鍵を開け、ふたたび玉座のような肘掛け椅子に座る。先ほどと変わらぬ、非の打ちどころのない威厳とともに、わたしのすばらしい知識を充塡《じゅうてん》した大砲のような状態で、次の客を迎える。

ところが、ここ半月ほど、その雌犬が、あの濁った目を恐怖のあまり見ひらいて、愕然とわたしを見つめるようになった。わたしは彼女に説明したい。先ほども言ったとおり、たいした問題ではないのだと。不安になる必要はないと。そんな目でわたしを見ないでほしいと。

だが、犬はわたしの行為のおぞましさを理解している。

もしも子どもたちの誰かが、ふざけ半分にそのようなことをするのならば、少しも問題ではない。だが、わたしがふざけるわけのないことを、彼女は知っている。そのときだけわたしがふざけているとは考えられない。だからこそ、恐怖にかられ、あのような忌まわしげな目でわたしのことを見つづけるのだ。

（一九一五年）

7

使徒書簡朗誦係

Canta l'Epistola

「聖職位は取ったのかね?」

「いえ、すべてではありません。副助祭までです」

「なるほど、副助祭か。それで、副助祭というのはなにをするのかね?」

「使徒書簡を朗誦したり、助祭が福音書を朗誦するあいだ本を支えたり、ミサに用いられる聖器を管理したり、ミサの最中に布に包まれた聖体皿を持ったりします」

「つまり、きみは福音の朗誦をしていたわけだ」

「いいえ、福音書を朗誦するのは助祭です。副助祭は、使徒書簡を朗誦するのです」

「ということは、きみは使徒書簡を朗誦していたのだね?」

「わたし? このわたしが、ですか? いえ、副助祭です」

「使徒書簡の朗誦を?」

「ええ、使徒書簡を朗誦するのです」

このやりとりの、どこがそれほどおかしいというのだろうか。

それでも、枯れ葉がかさこそと音を立てる村の吹きさらしの広場で、すばやく流れる雲が次から次へと太陽を覆い、あたりが暗くなったり明るくなったりを繰り返すなか、信仰を失い、これまでまとっていた法衣を脱ぎ捨てた姿で、いましがた神学校から出てきたトンマシーノ・ウンツィオにそのような質問を投げかけながら、老齢のファンティ医師が、山羊《やぎ》を思わせるその顔になにか揶揄するような表情を浮かべてみせたので、病院の薬局前で所在なげに座っていた村の暇人たちは、ある者は顔をゆがめ、またある者は手で口をふさぎ、笑い出したいのをやっとのことで堪《こら》えていた。

吹きあげられた枯れ葉に追われるようにトンマシーノが行ってしまうと、それまで堪えていた笑いが堰《せき》を切ったようにあふれだし、誰が誰にということもなく尋ねた。

「使徒書簡を朗誦するだって？」

すると、一人が答えた。

「ああ、使徒書簡を朗誦するのさ」

以来、信仰を失い、法衣もまとわずに副助祭で神学校を出たトンマシーノ・ウンツィオには、「使徒書簡朗誦係」というあだ名がつけられたのだった。

信仰を失うには幾通りもの理由が考えられる。信仰を失った者はたいてい、少なくとも最初のうちは、なにかしら代償を得たという確信があるものだ。せめて、それまでは信仰によって許されなかった言葉を気兼ねなく口にし、してはいけなかった行為ができる自由を得たと思うものだ。

ところが、信仰を失った原因が抑えがたい世俗的な欲求ではなく、祭壇の聖杯や聖水ではもはや満たすことのできない精神の渇望である場合、信仰を失った者が、その代償としてなにかを得たという確信を抱くことは難しい。せいぜい、とどのつまり、己にはもはやなんの価値もなくなっていたものを失《な》くしただけのことだと思い、信仰を失ったことに対して、とりあえずは不平を口にしない程度だろう。

トンマシーノ・ウンツィオは、信仰とともにすべてを失うことになった。司祭であった亡き伯父の条件つきの遺言に従い、父親が彼に与えてやれた唯一の社会的地位まで失ったのだ。そのうえ、父親はトンマシーノを平手打ちにするわ、蹴りを入れるわと容赦なく、何日ものあいだパンと水しか与えず、面と向かってありとあらゆる種類の侮辱や罵詈雑言を浴びせた。それでも、トンマシーノは変わらぬ蒼白の決意でひたすら堪え、そのような仕打ちは彼に信仰や召命《しょうめい》をとりもどさせる最善の方法ではないことに、父親が思い至るのを待っていた。

トンマシーノがつらいと感じたのは、暴力よりもむしろ、父親の仕打ちの卑俗さだった。それは、彼が法衣を脱いだ理由とはあまりにかけ離れていたからだ。いっぽうで、自分の頬や肩や腹部が、当然ながら父親も感じていただろう心痛のはけ口となる必要があることも、理解できるのだった。父親は、人生設計が修復不可能な形で崩れおち、まるで粗大ゴミのように家にいる息子の姿に、たとえようのない悲しみを感じていた。

ただし、父親がごていねいにも村じゅうに吹聴《ふいちょう》して歩いているように、「女遊び」をしたくて還俗《げんぞく》したのではないことを、トンマシーノは皆に示したかった。そのため自身の殻に閉じこもり、たまに一人で散歩に出かける以外は、部屋から出なかった。散歩のときも、彼は決まって物思いに耽っていた。顔をあげて他人を見ることはけっしてなく、栗林を抜けてピアン・デッラ・ブリッタまで行くか、あるいは畑のあいだを縫う谷間《たにあい》の馬車道をくだり、荒れはてた小さなサンタ・マリア・ディ・ロレート教会まで行くのだった。

それでいて、精神が深い苦悩に集中していたり、あるいは強引な野心に終始したりしていたようなときでも、肉体は、とり憑かれたような精神から離れ、ひとことの断りもなくこっそりと自分だけ、おいしい空気や健康的な食べ物を味わったりすることがあるのもまた事実だった。

そのようなわけで、トンマシーノはほどなく、絶望的な物思いのために精神が日に日に鬱々とし、敏感になっていったにもかかわらず、肉体のほうは、悪ふざけかと思えるほど、修道院長のように血色よくぽっちゃりとふくらんできた。

こうなると、トンマシーノ「小さなトンマーゾ」というより、「使徒書簡朗誦係のトンマソーネ「大きなトンマーゾ」」だ。そんな彼の風体を見れば、誰もが父親の言うとおりだと思いたくなる。ただし、村の人たちは、この哀れな若者がどのような生活を送っているか知っていた。彼に見つめられたことはおろか、ちらりとでも見られたことがあるという女性は、一人もいなかったのだから。

彼はもはや存在しているという自覚もなく、あたかも石か、あるいは草であるかのようだった。自分の名前すらも憶えておらず、生を自覚することもなく、ただ生を全《まっと》うするためだけに生きていた。ちょうど動物や植物のように。もはや愛情を感じることも、欲望も、記憶も、思考さえもなくなっていた。己の生に意義や価値を与えてくれるものはなにひとつなかった。そして、組んだ腕を枕にして草むらに横になり、青い空や太陽をいっぱいに受けた眩しい白雲を見あげたり、まるで海の波音のように森の栗の木々をざわめかす風の音に、耳を傾けたりしていた。そんな風の声やざわめきにまぎれながら、あらゆることの虚しさや、胸が苦しくなるような人生の倦怠を、果てしなく遠いところに感じていた。

雲と風。

とはいえ、どこまでも続く空虚な青のなかを流れてゆくあの光に満ちたものが、雲であるということに気づき、認識するだけでも、たいそうなことだった。あれは、己が雲であることを知っているというのか？　木だって石だって、雲の存在を知らないどころか、己の存在にさえ気づいていないではないか。

ところがトンマシーノは、雲に気づき、そう認識することによって、水の流転について……水が雲になり、ふたたび水に戻るということについて、思い至るかもしれない。そうに決まっている。こんな流転について説明するには、一介の物理の先生でもじゅうぶん事足りるが、その根本にある理由まで説明できるだろうか。

栗林からはカーンカーンという斧《おの》の音が聞こえ、採石場からはコンコンというつるはしの音が響いてくる。

　山を切り拓き、木々を切り倒し、家を建てる。あの山間の集落にも、また新たに家が建てられようとしている。疲労困憊《こんぱい》、息切れ、重労働……なんのために、あらゆるつらい思いをするのか？　ようやく煙突まで到達し、その煙突からひと筋の煙をたなびかせ、あたりの虚《うつ》ろな大気に拡散させるため？

　人間のいっさいの思考も、いっさいの記憶も、あの煙となんら変わりはないのだ。そして、自然という広大な舞台を前にしたとき、チミーノ山の山裾からはるか向こうのテヴェレの谷まで、少しずつ下りながら果てしなく続く一面の樫やオリーブや栗の木の緑を前にしたとき、しだいになにもかも忘れるような無力感に身をまかせる心境になるのだった。

　その場にとどまり、超然と人間を凌《しの》ぐものたちからにじみ出る感情の前では、人間の幻想も、あらゆる失望も、そして苦悩も喜びも希望も欲望も、すべて移ろいやすく虚しいもののように彼には思われた。人間をめぐる個々の出来事が、あたかも自然という永遠における雲の流れにすぎないように。テヴェレの谷の向こうの遥か彼方の地平線にかすみ、夕陽を背に軽やかに風に身をまかせている、あの高い山々を見ているだけで十分だった。

まったく、人間の野心というものは！　人間が小鳥のごとく飛べるようになったからといって、勝利を叫ぶとは！　だが、ごらん、小鳥の飛ぶ姿を。楽しげにさえずりながら、なんとも軽やかに、楽々と飛んでいる。それに対し、あの轟音を立てる不格好な機械はどうだろう。小鳥の真似をしたがる人間の、恐怖や不安、死と背中合わせの脅威！　かたや軽やかな羽ばたきとさえずりに対し、やかましいうえに悪臭を放つエンジンと、隣り合わせの死。エンジンが故障したり、停止したりしようものなら、束の間の小鳥気分ともおさらばだ！

「人間よ」と、草むらに寝そべったトンマシーノ・ウンツィオはつぶやいた。「飛ぶのはあきらめろ。なぜ飛びたいなどと思うのだ？　空を飛んで、どうするつもりなんだ？」

ところが、突如として、とあるニュースがあたかも疾風のように村じゅうを駆けめぐり、みんなを驚かせた。使徒書簡朗誦係のトンマシーノ・ウンツィオが、分遣隊の指揮官であるデ・ヴェネラ中尉から平手打ちをくらっただけでなく、決闘を挑まれたらしい。というのも、その前の晩、トンマシーノは、サンタ・マリア・ディ・ロレート教会へと続く田舎道で、中尉の婚約者であるミス・オルガ・ファネッリに、「バカヤロー！」と面と向かって叫んだことを認めながら、その理由を説明しようとしなかったというのだ。

驚きには嘲笑も混じっていた。村人たちは、いきなり「ありえない」と絶句するのを避けるため、ニュースについてあれこれと訊き返したものだ。「トンマシーノが？」「決闘を申し込まれた、だって？」「ミス・ファネッリに『バカヤロー』と？」「確かなのか？」「説明もなしに？」「それで、決闘を受けることにしたのか？」

「もちろんだとも。平手打ちをくらったんだぞ」

「それで、闘うつもりか？」

「明日、ピストルで」

「デ・ヴェネラ中尉相手に、ピストルで？」

「ピストルで、だ」

ということは、よほどの理由があったに違いない。これまで内に秘めてきた烈しい情熱が原因にちがいないと、誰もが思った。そして、彼女がトンマシーノではなく、デ・ヴェネラ中尉を愛しているとわかったために、面と向かって「バカヤロー！」と叫んだのだろう。そうに決まっている！　村では誰もが、デ・ヴェネラ中尉のような滑稽な人物に恋をするなんて、ミス・ファネッリはたしかにバカな女にちがいないと噂していた。だが、デ・ヴェネラ中尉自身は当然、露ほどもそのようには思っていなかった。そこで、彼女に説明を求めた。

いっぽう、ミス・オルガ・ファネッリは、罵られた理由がそのようなものであるはずは絶対にないと、目に涙をためて何度も言い張った。なぜなら、彼女はその若い男の姿を二、三度しか見かけたことがなく、しかも若者のほうは、顔をあげて彼女を見たことは一度もなかったのだから。皆が噂するような、内に秘めた烈しい情熱を彼女に対して抱いている素振りはこれっぽっちも見せなかったと、誓って言った。

まったく、見当違いもはなはだしい。そんな理由であるはずもない。なにかほかのことが隠されているにちがいない！　だが、いったいどんな？　理由もなしに、若い女性に面と向かって「バカヤロー！」などと叫ぶ人間はいないはずだ。

誰もが——とりわけ父や母、決闘を見守る二人の介添人、そしてデ・ヴェネラ中尉に、ミス・ファネッリ自身が――暴言の真の理由を知りたくて身悶えするなか、誰にも増して悶々としていたのは、それを打ち明けることのできないトンマシーノだった。理由が理由なだけに、たとえ話したとしても、誰も信じてはくれまいし、それどころか、明かすことのできない秘密を、戯言《ざれごと》でごまかそうとしていると思われるのが落ちだった。

たしかに、トンマシーノ・ウンツィオが、しばらく前から、ますます強く深くなる悲嘆に身をまかせ、この世に生を受けながらも長く生きることなく、理由もわからないまま萎《しお》れたり死んでいったりしてしまうものすべてに対して心を痛め、哀れみを感じているなどという話を、誰が信じるだろうか。その生の形がはかなく、かすかで、移ろいやすいほど、彼の心は烈しく痛み、ときには涙さえ流すこともあった。ああ、この世に受ける生には、いったいいくつの形があるのだろう！　そのうえ、それぞれの生はたった一度きり、その与えられたたった一つの形、と決まっているのだ。二つの生がおなじ形をとることはなく、しかもあまりに短い時間のために、ときにはわずか一日しか生きることのないものもある。周囲には果てしなくひろがる世界がありながら、それを知ることもなく、ごくごく小さなスペースのなかで生きているのだ。存在という不思議の、得体の知れない、途轍もない虚しさよ。小さな蟻が生まれ、ショウジョウ蝿が生まれ、一本の草が生える。この世界に、一匹の蟻！　この世界に、一匹のショウジョウ蝿、一本の草……。一本の草が生え、生長し、花が咲き、そして枯れていく。永遠にその繰り返しだが、一本としておなじものはないのだ。そう、けっして！

こうして、一か月ほど前から、トンマシーノは来る日も来る日も、ほかでもなくそんな一本の草の短い一生を見守っていたのだった。それは、荒れはてたサンタ・マリア・ディ・ロレート教会の裏の、苔生《こけむ》した二つの灰色の岩のあいだに生えた、一本の草だった。

彼は、まるで母性愛にも見まごう優しさで、背丈の低いほかの草に囲まれたその草が、ゆっくりと伸びていくのを見守っていた。そして、震えるほどかよわいその草が、苔生した二つの岩のうえに、はじめはおずおずと頭を出すのを見ていたのだった。その姿はまるで、眼下に果てしなくひろがる緑の平原を眺めることに、怖れと好奇心とを同時に抱いているように見えた。それがやがて、上へ、また上へとどんどんと丈が伸びて、先端には鶏冠《とさか》のような赤みがかった穂もあらわれ、自信に満ち、大胆な姿になってゆく。

毎日、一時間から二時間、トンマシーノはその草の命を慈しみ、肌で感じながら、草と一緒に風のごくかすかな動きに身をまかせて揺れていた。風が強い日などは、心配で胸が締めつけられそうになりながら慌てて駆けつけることもあれば、毎日決まった時間に教会の裏を通り、しばらくのあいだとどまって岩のあいだの草を食んでゆく山羊の群れに遅れをとったならば、草を守ることができないと、急ぐこともあった。

それまでは、風も、そして山羊の群れも、その一本の草の存在に敬意をあらわしてくれていた。頭のうえのちょっぴり生意気そうな穂を揺らしながら、いつものところにその草が無傷でいるのを見つけると、トンマシーノは言いしれぬ喜びを感じた。そして、魂と息づかいとでそっと守ってやるとでもいうように、草を撫で、二本の繊細な指でさする。夕刻になり、別れを告げるときには、暮れなずむ空にあらわれた最初の星に、夜のあいだ、ほかの大勢の星たちと一緒に彼のことを見守ってやってほしいと託す。そして、二つの岩のあいだに生えたその草が、黒い夜空にきらめく満天の星に見守られているところを、離れた場所から心の目で見つめたものだった。

そう、その日、彼はいつもの時刻に、一時間ほど一緒に過ごそうと、愛しい草のもとに向かっていた。もう少しで教会というところまでやって来て、教会の裏手の例の二つの岩の片方に、ミス・オルガ・ファネッリが座っているのを見た。おそらく、歩き疲れて、しばし休んでいたのだろう。

彼は立ちどまり、近づこうとはせずに、ひとしきり休んだ彼女がその場を彼にゆずるのを待っていた。果たして、しばらくすると彼女は立ちあがった。おそらく、彼がこっそり見ていることに気づいて、気分を害したにちがいない。彼女はあたりを少し見まわした。そして、なにげなく手を伸ばし、ほかでもなくその一本の草を折ると、ゆらゆらと垂れさがる穂とともに、口にくわえた。

トンマシーノ・ウンツィオは、まるで心をひきちぎられたように感じた。そして、草を口にくわえた彼女が目の前を通りすぎる瞬間、耐えきれずに、「バカヤロー！」と叫んでしまったのだ。

だが、彼女に暴言を吐いたのは、一本の草のためだなどと打ち明けられるわけがない。

そんなトンマシーノに、デ・ヴェネラ中尉は平手打ちをくらわせた。

トンマシーノは、無為な人生にも、自分の愚かしい肉体がいたずらに場所をとっていることにも、皆にからかわれることにも疲れていた。平手打ちをくらったにもかかわらず決闘を拒否すれば、村人たちの嘲弄は、さらに辛辣《しんらつ》で執拗なものとなっただろう。そこで、挑戦を受けて立つことにした。ただし、厳しい条件のもとで決闘がおこなわれるのならば。デ・ヴェネラ中尉は、辣腕の射撃手として知られていた。中尉は毎朝、射撃を指導するさいに欠かさず鍛錬していた。そんなデ・ヴェネラ中尉を相手に、トンマシーノは翌朝、日の出の時刻、ほかでもなく射撃訓練場の囲いのなかで、ピストルによる決闘を望んだ。

胸に一発の銃弾が命中した。最初、傷はさほどひどくないように思われたが、しだいに悪化した。銃弾は肺を貫通していた。高熱が出て、意識が朦朧《もうろう》となった。四日四晩、必死の治療がほどこされた。

敬虔な信者であったウンツィオ夫人は、ついに医者がこれ以上手のほどこしようがないと告げると、せめて死に際ぐらいは神のご加護のもとに戻るよう息子に懇願し、説得した。そんな母を満足させるために、トンマシーノは、聴罪司祭の訪問を受けることにした。

瀕死の枕元で、司祭が彼に尋ねた。

「我が子よ、なぜだね？　話してごらん」

すると、トンマシーノは半ば瞼を閉じたまま、吐息とも、やさしい微笑みともつかぬ息をもらしながら、消え入るような声で、たったひとこと、こう答えた。

「司祭さま、一本の草のためです……」

トンマシーノは、死ぬまぎわまでうわごとを言いつづけた……誰もが、そう思った。


（一九一一年）

8

貼りついた死

La morte addosso

「ちょっとよろしいですかな？　温厚な方《かた》とお見受けしますが……。列車に乗り遅れたのですか？」

「ほんの少しの差だったのですがね。駅に着いたら、目の前で電車が行ってしまって」

「走って追いかけたらよかったのに！」

「そうなのです。まったく笑い種《ぐさ》ですよ。あんな邪魔くさい、大中小さまざまな包みを持ってさえいなければ……。ロバよりたくさんの荷物をぶらさげていましたからね。それもすべて、女どもが、あれを買ってきて……これを買ってきて……と、際限ないからなのです！　馬車を降りて、あれだけの数の包みをすべて両手の指に分けるのに、三分もかかりました。信じられますか？　一本の指につき、包みを二つずつですよ」

「それは見ものでしたね……わたしだったらどうすると思います？　馬車の中にそっくり置いてきてしまうでしょうね」

「それで、妻にはなんと言うのです？　そんなことをしたら、娘たちはどうするんです？　娘の友だちの分まであるのですよ」

「わめかせておけばいいのです！　わたしだったら、大いに楽しんだでしょうね」

「女が避暑地に来ると豹変するのを、あなたはご存じないのでしょう」

「知ってますとも！　知っているからこそです。女は誰しも、なにも要らないからと言うのです」

「それだけじゃありません。節約をするために避暑に行く、と言ってのける女もいる！　それでいて、このあたりの田舎の村に到着したとたん、その村が汚らしくて不潔でみすぼらしいほど、派手な装飾品で飾りたてようと躍起になるのです！　まったく、女というものは……。あなたもそう思いませんか。まあ、それが彼女たちの仕事でもあるのですがね……。『もし町に出るのなら、あなた！　あれとあれが入り用なのだけれど……それと、もしも面倒でなければ（この、もしも面倒でなければ、が曲《くせ》者《もの》なのです）……せっかく行くのだから、あそこにも寄って……』『そんなことを言って、おまえ、たったの三時間でそんなにたくさんの用事をどうやってすませろというんだね？』『そうね、馬車に乗るというのはどうかしら？』てなぐあいですよ。困ったことに、三時間で戻るつもりだったので、家の鍵も持たずに出てきてしまいました」

「おやおや、それは大変だ！　それで……」

「山のような大小の包みをすべて駅に預けて、夕食をすませに食堂に行ったのです。それから、腹立ちを紛らわせようと、劇場に行きました。暑くて死にそうでしたよ。劇場を出る段になって、さてどうしたものかと悩んだのです。ホテルにでも行って泊まろうか？　だが、もう十二時だ。四時には始発列車に乗る。たかが三時間ばかりの睡眠をとるために、ホテル代を払うなんて見合わない。そこで、ここに来たというわけです。このカフェは、ひと晩じゅう開いているのですよね？」

「ええ、閉まりません、ご安心を。それで、駅の手荷物預かり所に、包みをいくつも預けてきたと？」

「なぜです？　なにか危ないことでも？　どれもしっかり包装されていますが……」

「いえ、危ないなどとは申しておりません！　そうですか、しっかり包装されていると……。それはそうでしょうよ。若い店員たちが商品を包むときに使う、例の特別な技術……。ほんとうに、なんと器用なのでしょう！　二重にしたつるつるのピンク色のきれいな包装紙……見ているだけで幸せになるような……あまりになめらかで、思わず顔をうずめて瑞々しい肌触りを感じてみたくなる……そんな紙をカウンターにひろげたかと思うと、なにげない優雅さで、紙の中央にていねいに畳んだ布を置く。それから、まず手の甲を使いながら下の包装紙の角を持ちあげ、上から反対側の角をおろしてくる。次に、手早く上品に、それを折り返すのです。まるで包装の技術を愛するあまり、ひとつ余分にひけらかしてしまったとでもいうかのように。こんどは側面の紙と、その反対側を三角形に折り、先端を先ほどの下に畳みこむ。片手を紐の箱に伸ばし、包みを結ぶのに必要な長さだけ引っぱりだし、すばやく結び目を作る。その手があまりに迅速に動くもので、みごとな手さばきだと感心する暇もないうちに、指をかける結び目のついた包みができあがる、というわけです」

「これはまた、ずいぶん注意深く、店の若者を観察されたのですね」

「わたしがですか？　当然ですよ、朝から晩まで過ごしていますからね。ショーウィンドー越しに、一軒の店をじっと、一時間でも見ていることがあります。自分がそこにいることを忘れてしまうのです。まるで自分が、紙の上に置かれたあの絹地のような気がして……いや絹地になりたくてたまらなくなるのです。そう、あのエプロンに……あるいは、あの赤や青のリボンでもいい。小物を売る店の若い店員たちは、物差しで長さを測ったあと、なにをするかご覧になったことがありますか？　包むまえに左手の親指と小指に8の字形に巻きつけておくのです……。店員だけじゃありません。包みを指にぶらさげたり、手に持ったり、小脇に抱えたりして店から出ていく男性客や女性客も観察します。後ろ姿が見えなくなるまで、目で追うのです。そして、想像する……ああ、なんと多くを想像することでしょう！　おそらく、あなたは考えもしないでしょう。ですが、わたしには役に立つのです。それこそが、わたしには欠かせない」

「役に立つですって？　失礼ですが、なにがです？」

「こんなふうに想像力でもって、しがみつくこと……。人生にしがみつくのです。ちょうど、鉄柵を這《は》う蔓《つる》植物のように。そう、たとえ一時《いっとき》たりとも、想像力を放棄してはなりません。年から年じゅう、想像力でもって他人の人生にぴったりとくっつくのです。といっても、知っている人の人生ではありません。とんでもない。知人の人生にしがみつくことなどできません。知人に対してそんなことをしたら、不快で……吐き気をもよおします。ですが赤の他人であれば、その人の人生について自由な想像力をめぐらせることができる。勝手に想像するのではなく、あれやこれやを通して発見した、最低限の外見を考慮しつつ想像するのです。その人生に入りこめるまでに、わたしがどんなふうに、どれだけ想像することか！　まず、あちらの人やこちらの人の家のなかを見て、すべての家に充満するあの独特な息づかいを感じるようになるまで、その中で呼吸をするのです。そんな息づかいは、あなたの家にもわたしの家にもあるものです。ただし、自分の家の息づかいというものは、感じない。それは、わたしたちの人生の息づかいそのものだからです。わかっていただけますか？　おや、あなたはうなずいておられるようだ……」

「ええ。どうやら……いろいろと想像することに、あなたはずいぶん喜びを感じていらっしゃるようで……」

「喜びですって？　わたしが？」

「ええ……そんな印象を受けたのですが……」

「喜びなんてとんでもない！　ちょっとお訊きしますが、あなたは腕のいい医者に診《み》てもらったことがありますか？」

「ありません。なぜです？　わたしはなんの病気でもありません」

「いや、そういうことではなくて、ただ、腕のいい医者の家の、患者が診察の順番を

患っていて……」

「それならば、あります……。以前、娘に付き添って行ったことがあります。神経を

待つ部屋を見たことがあるかどうか、知りたいだけなのです」

「そこまでで結構です。わたしが言いたいのは、その手の待合室には……お気づきになられましたか？　暗めの色遣いで、昔ながらのスタイルの布地のソファー……たいてい不揃いの、座面に詰め物をした何脚かの椅子……それに、あの肘掛け椅子……。どれも当座しのぎに買った中古品で、患者用としてそこに置かれているだけです。自宅の一部ではありません。医者は、自分や妻の友人のために、すばらしく贅沢な客間を別に持っているものです。そんな客間にあるソファーや椅子を、間にあわせの家具でじゅうぶんな患者用の待合室に持っていったら、さぞ不釣り合いなことでしょう。わたしが知りたいのは、あなたが娘さんの付き添いで医者に行ったときに、待っているあいだに座っていたソファーや椅子を、注意深くご覧になったかということなのです」

「いいえ、正直なところ見ていません」

「そうですよね。あなたは病気ではなかったのですし……。といっても、病人自身も、

たいていは病気のことで頭がいっぱいで、椅子になど注意を払わないものです。それでも、幾度となくそこに座り、座っている椅子のつや光りのする肘掛けに、とりとめのない模様を描く指をじっと見ていたはずなのです！　考えごとに没頭するあまり、椅子は見えていません。それでいて診察がすんで診察室から出てきて、待合室を横切りながら、ほんの少し前、まだ知らなかった病名を宣告されるのを待つあいだに自分が腰掛けていた椅子をふたたび目にしたとき、どのような気持ちになることか！　いまその椅子には、別の患者が座っていますが、その患者も病気を持っている。あるいは、椅子には誰も座っておらず、ほかの誰かが座るのをじっと待っている……。ところで、なんのお話をしていたのでしたっけ？　ああ、そう。想像する喜びについてでした……。どうして、医者の家に置かれた、患者たちが診察を待つあいだに座る椅子なんて連想したのでしょう……」

「たしかにそうですね……」

「おわかりでないと？　わたしにもわかりません。ですが、ある種の連想というものは、それぞれはかけ離れているように思えても、わたしたち一人ひとりに特有のものであり、きわめて独自の体験や理屈にもとづいているため、二人で会話をするような場合、連想を追いかけて話すことを禁じないかぎり、お互いに理解し合うのは不可能だと思うのです。場合によっては、このような連想ほど非論理的なものはないのですから。ですが、わたしの連想にもしも関連性があるとしたら、こんなふうに説明できるかもしれません。その椅子たちは、診察を待つあいだ自分たちのうえに座る患者が誰なのかを想像することに、喜びを感じると思いますか？　その人がどんな病気を抱えているのか、診察の後でなにをし、どこへ行くのかを想像することに、喜びを感じると思いますか？　まったく感じないでしょう。同様に、わたしもなんの喜びも感じないのです。大勢の患者たちがやってきて、椅子はそこにある。かわいそうに、ただ占有されるためだけにあるのです。いいですか、わたしの頭も椅子と大差ありません。その時々で、あのことやこのことがわたしの頭を占有する。いま現在は、あなたがこうしてわたしの頭を占有している。いいですか、わたしはあなたが乗り遅れた列車を想像しながら喜びなんて少しも感じていませんし、避暑地であなたを待つご家族のことを想像しても喜びを感じない。それに、これからあなたの身に起こるだろう多くの厄介ごとを想像しても、喜びなんて感じないのです……」

「たしかに、厄介ごとが山ほど待ち受けていることでしょう」

「たんなる厄介ごとでよかったじゃないですか。神に感謝すべきです。もっとひどいことを抱えている人だっているのですからね、ご同輩。先ほど申したとおり、わたしは想像力をはたらかせて他人の人生にしがみつく必要がある。ですが、喜びを感じることも、関心を抱くこともいっさいなく、どちらかというと……むしろ……不快を感じるためなのです。しょせん人生なんてくだらなく、虚しいものなのだと。ならば、たとえ人生が尽きるとしても、ほんとうのところは、誰にとってもたいした問題じゃないはずだと。このことを、自分自身に対してしっかりと証明する必要があるのです。そのために次から次へとその証拠や具体例を見つけていく。執念深くね。というのも、ご同輩、正体はわからないものの、人生には味というものがあるんです。たしかにある。誰もが、このあたりで感じている。まるで喉にひっかかった不安感のようにね。ですが、誰もそれに満足せず、けっして満足することもできないのです。なぜなら、人生は、それを生きるという行為そのものにおいて、つねに自らに貪欲であり、味わわせてくれないのです。味は過去にあり、わたしたちは生きたままそこにとどまる。人生の味とは、過去から……わたしたちを縛りつける思い出から発せられるものなのです。とはいえ、なにに縛りつけられているのでしょう。このようなくだらないことや厄介事……多くの愚かしい幻想。それに、些細な用事……そうなんです。いまここにあるのはバカげたことで……いまここにあるのは厄介なこと……。あげくの果てに、いまここにあるのは、わたしたちにとって災難だと、正真正銘の災難なのだと考えるようになるのです……そうなんです、ご同輩、四年、五年、十年と経つうちに、この涙がどんな味を、どんな風合いを持つようになるのでしょうか……。人生というものは、まったく、ひとたび失うと考えただけで……とくにあと数日の命だとわかると……。ほら……あそこを見てください。向こうですよ。あの隅に……女の物哀しげな影が見えるでしょう？　ほら、いま、すーっと隠れた！」

「どういうことです？　誰なんです？　いったい誰が……？」

「見えませんでしたか？　隠れてしまった……」

「女性ですか？」

「じつは、うちの家内なんです」

「なんと！　奥さまでしたか」

「ああやって遠くからわたしを見張っている。わたしは家内を追いかけていって、蹴飛ばしたくなります。嘘じゃありません。ですが、そんなことをしても無駄でしょう。

まるで野良の雌犬のように強情で、追いはらおうと蹴飛ばせば蹴飛ばすほど、足にまとわりつくに決まっています。あの女がわたしのためにどれほど苦しんでいるか、あなたには想像もつかないでしょう。食べ物を口にしなければ、眠りもしない。ああして、昼も夜もわたしの後をつけてまわり……遠く離れたところで……。せめて、あの頭にかぶっているぼろ布《きれ》のようなものや、服の埃をはらうことにくらい気をつかったらよさそうなものを……。あれでは、もはや女ではなく、ただの雑巾《ぞうきん》です。髪まで、こめかみのあたりがずっと埃にまみれたままで……。まだ、三十四歳の若さなのに、ですよ。見ていると、心底腹が立ってくるのです。信じてもらえないかもしれませんが、見ているだけでイライラする。ときに家内に飛びかかり、面と向かってどなりつけてやることもあります。彼女の肩を揺すりながら、『この愚か者！』ってね。すると彼女はしゅんとなり、あの何ともいえない目でわたしをじっと見つめるのです。そんな目を見ると、彼女の首を絞めてやりたいという残忍な思いが、この指のあたりにこみあげてくる。ですが、そんなことをしても、なんの効果もない。わたしが離れるのを待って、また後をつけてくるのです。ほら、ご覧なさい。またあの陰から顔をのぞかせているでしょう……」

「お気の毒に……」

「なにが気の毒なものですか！　わからないのですか？　家内が望んでいるのは、わたしが家にいることなのです。わたしが動きまわらず、家でじっとして、家内の愛情あふれた献身的な看病を受けることを望んでいるのです。すべての部屋が完璧に整頓され、あらゆる家具がこざっぱりと掃除されている、そんな状態に満足することを望んでいるのです。かつてわが家を支配していた鏡のような静けさのなか、食堂の振子時計だけがチクタクと時を刻む……。それが家内の望みなのです！　それがいかにバカげたことであるかを理解していただくために、ひとつお訊きしますが……。バカげた、なんてものではありません。家内の望みは、恐ろしく残忍なものなのです。お訊きしますが、アヴェッツァーノの家々や、メッシーナの家々は、近々大地震に激しく揺すられることを知っていたら、月明かりの下、その場でおとなしく待っていられたとお思いですか？　役所の建築委員会の管理計画どおり、通りや広場に沿ってきちんと並んでいられたと思いますか？　とんでもありません。石や梁《はり》でできた家々は、逃げ出したに決まっています！　アヴェッツァーノの市民やメッシーナの市民が、あと数時間後に命を落とすことを前もって知っていたら、のほほんと着替え、脱いだ服をたたみ、ドアの向こうに靴をそろえて置き、毛布の下にもぐりこみながら、洗ったばかりのひんやりとした真っ白なシーツに充足感を抱いたと思いますか？　そんなことができると思うのですか？」

「ですが、奥さまはきっと……」

「話を最後まで聞いてください！　いいですか、ご同輩。もしも死が、こっそりと人に貼りつくことのある、気味の悪い奇妙な虫のようなものだとしたら……。通りを歩いていると、いきなり見知らぬ通行人に呼びとめられる。通行人は、慎重に二本の指を伸ばし、こう言うのです。『すみません、ちょっとよろしいですか、そこを行くお方。死が貼りついていますよ』そして、伸ばした二本の指で、それをつまんで取り、投げ捨てるのです……。それができたらどんなにすばらしいか！　ですが、残念ながら、死はこのような気味の悪い虫の一種ではない。なんの心配ごともなさそうに、なにげなく散歩をしている多くの人びとにも、もしかすると死が貼りついているのかもしれない。ただ、誰にもそれが見えないだけなのです。そして、そのあいだにも人びとは悠然と、明日や明後日の予定を考えているのです。いいですか、ご同輩。ちょっとこちらに……この灯りの下まで来てください……。もっと近くへ……お見せしたいものがあるのです……。ここを見てください。口髭の下あたり……ここに、紫色のできができているのが見えますか？　これをなんと呼ぶかご存じで？　とても甘い響きの名前なのです……。おそらく飴よりも甘い。上皮腫《エピテリオーマ》というのです。あなたも発音してみてください。実際に発音してみれば、それがどれほど甘美な響きであるかわかるでしょう。エピテリ・オー・マ……。おわかりですか？　死がわたしの横を通りすぎたのです。そして、すれちがいざまに、この花をわたしの口に差し、こう言った。『これをおまえにやろう。八か月から十か月の後に、また来るよ！』そこで、あなたのご意見をうかがいたいのですが、こんな花を口につけたいま、わたしが家でなにも考えずに、落ち着いて過ごせるとお思いですか？　あそこにいる哀れな家内は、それを望んでいるのです。わたしは、家内をどなりつけました。『なるほど。それで、おまえにキスでもしろと言うのか？』『ええ、キスしてちょうだい！』家内がなにをしたと思います？　先週、待ち針で自分の唇のこのあたりに傷をつけ、わたしの頭をつかんだのです。キスをしようとしてね……わたしの口にキスをしようとした……。わたしと一緒に死にたいと言うのです。気がふれているとしか思えません。こんな状況では、家になんてとてもいられませんよ。それで、立ち並ぶ店のショーウィンドーの外から、若い店員たちの見事な仕事ぶりに見とれているというわけです。おわかりになっていただけると思いますが、もしもわたしの心の中に一瞬の隙が生まれたら……あなたならおわかりだと思いますが、なんでもないことのように、知らない人の人生をそっくり抹殺することもできるのです。拳銃をとりだし、あなたのように不運にも列車に乗り遅れた人を、殺すこともできる……いいえ、怯《おび》える必要はありません、ご同輩。ほんの冗談ですよ！　わたしはそろそろお暇《いとま》しましょう。誰かを殺すくらいなら、自分自身を殺します……。近頃おいしい杏《あんず》が出まわっていますね。あなたはどのようにして召しあがりますか？　皮ごと食べますよね？　半分に割って、二本の指で挿《はさ》んで、縦につぶすのです。ちょうど魅惑的な唇のようにね。ああ、なんとおいしいのでしょう！　避暑中の奥さまやお嬢さま方によろしくお伝えください。想像するに、木陰のきれいな緑の芝生のうえで、白や空色のワンピースを着ていらっしゃるのでしょう……。明日の朝、村にもどられたら、ひとつお願いがあるのです。おそらく、村は駅から少し離れたところにあるのではないでしょうか。夜明けに、あなたはその道を歩いていく。そして道端に生える最初の草の塊を見つけたら、草が何本生えているか数えていただきたいのです。そこに生えている草の数とおなじ日数、わたしは生きながらえることができる。いいですか、なるべく大きな草の塊を選んでくださいね。頼みましたよ。では、おやすみなさい、ご同輩」

（一九一八年）

9

紙の世界

Mondo di carta

ナツィオナーレ通りの入り口で喧嘩をはじめた二人のまわりに、あとからあとから野次馬が湧いてきて、口ぐちに叫びはじめた。喧嘩をしていたのは十五歳くらいのチンピラと、メロンを彫ったかのように黄ばんだ顔をした気難しそうな老紳士。近視用の分厚い瓶底《びんぞこ》眼鏡を光らせている。

嗄《しゃが》れた声を精いっぱいに張りあげながら、老紳士は自分の主張が正しいのだとばかりに、片手には象牙の持ち手のついた黒檀《こくたん》の杖を、もういっぽうの手には古い本を持って、ひっきりなしに振りまわしていた。

チンピラは、いかにも低俗なテラコッタ製の彫像の破片と、その台座だったたと思われる、青銅をかぶせた石膏の円柱の破片が混ざったものを足で踏みつけながら、わめき散らしていた。

まわりに集まってきた観衆の反応は、大声で笑いだす者、渋い顔をする者、同情する者など、まちまちだった。反対に、街灯によじのぼって見ていたチンピラどもは、犬のように吠えたてたり、口笛を吹いて囃《はや》したり、掌《てのひら》を丸めてブーッと鳴らしたり。

「これで三度目だ！　三度目だぞ！」老紳士は、そうどなっていた。「わたしが本を読みながら歩いていると、いきなり趣味の悪い彫像を通り道におき、わざとつまずかせるんだ！　これで三度目だ！　こいつは、わたしのあとをつけまわしている！　わたしを待ち伏せしているんだ！　最初はヴィットリオ大通り、二度目はヴォルトゥルノ通り、そして今回はここときた」

いっぽうの彫像職人の若者も、自分は無実だと誓い、さかんに抗議しながら、近くにいる人たちにむかって言い分を主張した。

「待ち伏せなんてしてない！　向こうが悪いんだ！　本を読んでたなんて嘘だ！　勝手にぶつかってきたくせに！　目が見えないのか、ぼうっとしてるのか、どういうつもりか知らんが、とにかく向こうから……」

「それで、三回？　三回もぶつかったのか？」野次馬たちは笑いころげている。

しまいには、汗だくになり息をはずませた町の警官二人が、どうにか群衆を掻きわけてやってきた。言い争っていた二人は、警官の姿を見るや、それぞれの言い分をまくしたてたので、見物人がこれ以上増えるのを避けるため、二人を馬車に乗せて最寄りの警察署まで連行することになった。

馬車に乗りこんだとたん、眼鏡の老紳士は脇腹を下にして長々と横たわり、しばらく頭を上下左右にぎこちなく振っていたが、やがて身体をまるめ、薄汚れた本をひらくと、ページに鼻がひっつきそうなくらいに顔をうずめた。ところが、すぐに動転したようすで顔をあげ、眼鏡を額まで持ちあげた。それから、ふたたび本に顔をうずめ、こんどは裸眼で読もうとした。このような一連の無言の動作ののち、いきなり激したかと思うと、顔をひきつらせ、恐怖とも絶望ともつかぬおぞましい形相を浮かべた。

「おお神よ。目が……目が見えない。目が見えないんだ！」

それを聞いた馭者は、ただちに馬をとめた。警官二人と彫像職人は仰天し、老紳士が真面目に言っているのか、錯乱しているのかはかりかねて、あっけにとられていた。驚きと当惑で軽くひらいた口には、信じられないといった薄笑いが浮かんでいた。

その少し向こうに薬局があった。馬車のあとを走って追いかけてきた者たちと、新たに野次馬に加わった者たちが見守るなか、狼狽し、屍《しかばね》のように青ざめた顔の老紳士は、両脇を支えられながら薬局へ連れていかれた。

老紳士はむせび泣いていた。椅子に座らされると、頭を揺らし、がたがたと震える脚を両手でさすっている。目の状態を診ようとする薬剤師を無視し、まわりの人たちが口ぐちに投げかける慰めも、説得も、助言も、まったく耳に入らないようだ。落ち着いてください、たいしたことはありませんよ。一時的な症状でしょう。激しい怒りからくる興奮が、目に影響を与えたのかもしれません。しばらくすると、老紳士は揺らしていた頭をぴたりととめると、両手をあげ、指をひらいたり閉じたりしはじめた。

「本！　本は？　本はどこだ？」

周囲の者はみな、啞然として顔を見合わせ、笑いだした。なんだって？　本を持っていたのか？　その目で本を読みながら道を歩くなんて、ずいぶんな度胸じゃないか。なに、三度も彫像に？　そんなことがあったのか？　相手は誰だい、あの若造か？　そうなのか？　彫像をわざと目の前に置いた？　そいつは愉快だ！　じつに愉快だ！

「この男を訴えてやる！」老紳士は勢いよく立ちあがると、両手を前にかざし、目をぎょろつかせてどなった。ゆがんだその顔は、滑稽であると同時に哀れでもあった。

「いいですか、皆さん。わたしはこの男を訴えてやる！　わたしの目を弁償するんだ！　この人殺しめ！　そこにいる警官二人。すぐに名前を控えてください。わたしの名前とこの男の名前を、です。この場にいる全員が証人です。さあ、警官、書いてください。バリッチ。そう、バリッチ、わたしの名字です。名はヴァレリアーノ、そうです。ノメンターナ通り一一二番地、最上階。そして、そこの悪党の名前もです。どこへ行った？　ここにいる？　だったら捕まえてください！　三度もですぞ。わたしの視力が弱いのにつけこんで、わたしの注意力が散漫なのにつけこんで、いいですかみなさん、趣味の悪い彫像を三体もぶつけてきたのです。ああ、ご親切にどうも、この本です。感謝します！　お願いですから馬車を一台呼んでください。家です、家。わたしは自宅に帰りたいのです！　告訴は有効ですからね」

そして、両手を前にかざしたまま、外に出ようと歩きだした。足元がふらつき、支えられながら馬車に乗せられ、二人の親切な人に付き添われ、なんとか家に帰りついたのだった。

それは、もう何年も前からひそかに続いていた厄難の、騒々しくも滑稽なエピローグだった。いつか間違いなく見えなくなるだろうという目の症状が出るたびに、かかりつけの医者には、その唯一の処方として、読書をやめるように幾度となく助言された。ところが、バリッチはそのような助言を受けるたびに、あからさまな嫌みに応えるときのような曖昧な薄笑いを浮かべ、聞き流してきたのだ。

「無理なのですか?」医者は言った。「でしたら、どうぞ読み続けてください。最後には、このわたしの言葉が正しかったと納得されることでしょうよ! このままですと視力を失いますよ。わたしが断言します。あとになって、彼の言うことを信じておくんだったなどと、おっしゃらないでくださいね。わたしは忠告しましたから!」

なんという忠告だろう! バリッチにとって生きることは、読むことを意味しているというのに! 本を読むことができないなら、死んだも同然だった。

本を拾い読みできるようになった頃からすでに、彼は強い執念に駆られるように、書物を読みあさった。身の回りの世話は、もう何十年というもの、まるで自分の息子のように彼を愛《いつく》しんでくれる老いた家政婦に任せ、そこそこの暮らしができるほどの財産も持っていた。家に無秩序に積みあげられ、場所をふさいでいる膨大な量の書物を購入したために、借金を抱え込むことにさえならなければ……。新たに本を買うことができなくなったいま、彼は古い書物を二度ずつ読み返し、どの本も最初のページから最後のページまで、一冊ずつ反芻《はんすう》していた。そして、自然に備わった自己防衛能力として、棲息している場所やまわりの植物に身体の色や質感を似せる生き物のように、彼もしだいに紙のようになっていったのだ。顔も、手も、鬚や髪の色までも。近眼の度合いが階段を一段一段おりるように進んでいったので、ここ何年かは、比喩的な意味だけでなく、実質的にも貪《むさぼ》っているのではないかと思えるほど、本に顔を近づけなければ読めなくなっていた。

おそろしい驚愕のあと、医者には四十日のあいだ暗闇で過ごすようにと言いわたされたものの、彼はその療法に効果があるだろうという幻想を抱きはしなかった。ようやく寝室から出ることが許されると、手をひいてもらって真っ先に書斎に入り、いちばん手前の本棚のところまで行った。手探りで一冊の本を探し、手に取り、ページをひらき、そこに顔をうずめた。最初は眼鏡をかけたまま、次に眼鏡をはずして。ちょうどあの日、馬車のなかでそうしたように。ページのあいだに顔をうずめたまま、声を忍ばせて泣いた。それから、本棚の横板をあちこち手で探りながら、広い書斎をゆっくりと歩いてまわった。そこが彼の世界のすべてなのだ！　それなのに、いまや記憶の助けを借りてわずかに余韻に浸る以外、それを体感することはできなかった！

彼は、人生というものを体験したことがなかった。これまで、しっかりと自分の目で見たものは何ひとつなかったと言ってもいいだろう。食卓で、ベッドで、通りで、公園のベンチで、いつだろうとどこだろうと、読むこと以外はいっさいしてこなかった。来る日も来る日もひたすら読むだけ。いまや、これまでけっして目を向けたことのなかった生きた現実においても盲目であり、もはや読むことが叶わなくなった書物に描かれている事柄においても、盲目となってしまったのだ。

これまで、自分の本をつねに椅子の上や床、机や棚の上など、ところかまわず積みあげ、乱雑に放置してきたことが、いまとなって彼を絶望のどん底に陥れた。そのような無秩序な状態を整理し、膨大な蔵書をすべてテーマ別に並べようと自分に言いきかせたことも幾度となくあったが、時間を無駄にするのが嫌で、一度も手をつけたことがなかった。もしもきちんと整頓しておいたなら、いま、あの本棚やこの本棚の傍らに立って、これほどの疎外感を味わうこともなかったろうし、これほど気持ちが混乱し、とり乱すこともなかったろう。

彼は、司書の知識があって書物の整理をしてくれる人材を求める広告を新聞に出した。二日後、わけ知り顔の若い男性があらわれた。本の整理をしたいという盲人の話に、若者は非常に驚いた。しかも、彼を書斎に案内しようというのだ。ほどなく若者は、その哀れな男性が精神を病んでいるにちがいないと確信した。というのも、若者が本のタイトルを読みあげるたびに、男性は歓喜に跳びあがり、涙を浮かべ、こちらに寄こせと言い、撫でるようにしてページに触れ、あたかも再会を果たした友のように抱きしめるのだ。

「先生」若者はため息をついた。「そんなふうにしていたら、いつまでたっても終わりません！」

「ああ、そうだな。わかったわかった」バリッチはすぐに、相手の言い分を認めた。「この本はこっちに置いてくれ。ちょっと待って。どこに置いたか触らせてくれないか。よし、ここだな。これで、ひとりでも見つけることができる」

その大部分が、旅行記や、さまざまな民族の習慣や風俗が書かれたもの、自然科学系の書物、大衆小説、歴史や哲学の学術書だった。

ようやく蔵書が整理されると、自分のまわりにある暗闇が以前ほど不明瞭なものではなくなり、バリッチは混沌《カオス》から己の世界を引っぱり出したような気になった。そうしてしばらくのあいだ、その世界を温めるかのように、自分の殻に閉じこもっていた。

いまやバリッチは、棚に並ぶ本たちの背表紙に額を押しあてて、日々を過ごしていた。そうして額と本を接触させることによって、印刷された内容が体内に伝わるのを待っているかのように。そうしていると、場面やエピソード、それらを描写する文章が、頭のなかに細部までじつに克明によみがえるのだった。

こうして、ほかでもなく彼の世界のなかで、以前に読み返したときにもっとも深く心に刻まれた部分の随所が再現されるのだ。夜が明けたばかりの人気《ひとけ》のない港で、光を放ちつづける赤い四つの灯り。停泊しているのは一隻の船だけ。マストから張られた幾本もの横静索《シュラウド》が、明けたばかりのわびしげな青白い光に、骸骨のような姿をくっきりと浮かびあがらせている……。はたまた、急坂をのぼりきったところで、秋の炎のような夕焼けを背に、首に干し草の袋を積んだ二頭の大きな黒い馬がいる……。

だがバリッチは、そんな悲痛な静寂に長くは耐えられなかった。自分の世界がふたたび声をとりもどし、その声を彼に聞かせ、曖昧な記憶に頼るのではなく、じっさいにどのような光景だったのかを語ってもらいたいと切望するようになったのだ。そこで、新聞に別の求人広告を載せることにした。男性でも女性でも構わないから、本の朗読をしてくれる人が欲しかった。すると、そわそわと落ち着きのない娘がやってきた。戸惑い、不安げで、少しもじっとしていられないようだ。足をとめることなく世界各地をめぐりつづけ、話し方まで、目標を決めかねてあちこち飛んだかと思ったら、いきなりとまり、翼を狂ったようにはばたかせながら四方に向きを変える、迷子の小ヒバリを思わせた。

娘は大声で名乗りながら、いきなり書斎に入ってきた。

「ティルデ・パリオッキーニと申します。あなたは? ああ、そうでした……わたしったら……バリッチさんでしたね。新聞に書いてありましたし……玄関にも……。お願いです、やめてください! お願いです、先生。そんな目で見ないでください。怖いんです。いえ、なんでもありません。ごめんなさい。失礼させていただきます」

これが最初に来たときの様子だ。それでも、彼女は出ていかなかった。年老いた家政婦が目に涙を浮かべ、ここはあなたにぴったりの職場だと彼女を説得したのだ。

「危害は加えませんの?」

危害だなんて! そんなことはけっしてありません。ただ、少し風変わりなだけです。あれだけの本に囲まれているせいなんです。そう、あのいまいましい本のせいで、あわれな家政婦も、ご覧のとおり、いまや女性なのか、ただのぼろ布《きれ》なのかもわからないほどになってしまっていた。

「きちんと読んでさしあげさえすれば大丈夫です」

ティルデ・パリオッキーニ嬢は、家政婦のことをまじまじと見つめ、自分の胸もとに人差し指を向けると、問い返した。

「わたしが？」

天国であってもそんな声は出すまいという声を出した。

ところが、いざバリッチの前で最初の学術書を読みはじめると、彼女の声には独特の抑揚と波があった。おまけに早口になったり、声が小さくなったり、つっかえたり、飛ばしたり、さらには表面的で大仰な手振りまで加わったものだから、かわいそうにバリッチは両手で頭を抱えこみ、うずくまり、身悶《みもだ》えした。まるで何頭もの犬に咬みつかれそうになって、必死で自分を守ろうとするかのように。

「違う！　そうじゃない！　頼むからやめてくれ！」

パリオッキーニ嬢は、このうえもなく無邪気に応じた。

「わたし、読むのが下手ですか？」

「ああ……いいや。お願いだから、もっと小さな声で頼む！　できるだけ小さな声で！　ほとんど声を出さないくらいで構わない！　お嬢さん、おわかりだと思うが、わたしは黙読するのに慣れていたんだよ！」

「それは困りますわ、先生！　声に出して読むのはよいことです。だったら読まないほうがましですわ！　だって、そうでしょ。そんな小さな声で読んで、どうなさるのです？　ほら、聞いてみてください（指の関節で本を叩いてみせる）。音が響くことはありません。鈍い音しか出ないのです。たとえば、先生、わたしがいま先生にキスをするとします」

バリッチは青ざめた顔で身体を強張らせた。

「許さん」

「いえ、違いますよ。わたしがほんとうにキスをするとお思いですか？　そんなことはしません！　ただ、違いを理解していただきたいのです。では、ほとんど声を出さないで読んでみましょう。でも、いいですか、声を潜めようとすると、Sの音がかすれてしまうんです、先生！」

こうして、彼女がふたたび読みはじめると、バリッチは先ほどよりもさらに大きく身悶えした。ただし、たとえ朗読するのが別の女性であっても、男性に変えたとしても、大差ないだろうと思い至った。どんな声の主であろうと、自分の声でないかぎり、彼の世界は別のもののように感じられるにちがいなかった。

「お嬢さん、では、お願いだから、目だけで読んでくれ。声を出さずに」

ティルデ・パリオッキーニ嬢は驚いて向きなおり、バリッチのことをまじまじと見返した。

「なんですって？　声を出さずに？　どんなふうに読めというのですか？　わたしのために？」

「ああ、そうだ。君のために」

「そんなの、余計なお世話ですわ！」パリオッキーニ嬢は、弾《はじ》かれたように立ちあがった。「わたしのことをからかっていらっしゃるのですか？　先生がお聞きにならないのなら、わたしが先生の本を読むことに、どんな意味があるのです？」

「いいかね」バリッチは、苦い笑みを浮かべながら、穏やかに応えた。「ここで、わたしの代わりに誰かが本を読んでいることに、わたしは悦びを感じるのだ。君にはおそらく、この悦びはわからないと思うが……。先ほども話したとおり、ここはわたしの世界なのだ。だから、もぬけの殻でなく、誰かがこの中で生きているということを知るだけで、心が慰められる。わたしには、君がページをめくる音が聞こえる。君が無言で集中しているのを感じることができる。そして、ときどきなにを読んでいるのか尋ねてみる。すると、君が答えるのだ……。いや、ちょっとしたとっかかりだけで構わない。そうすれば、わたしは自分の記憶のなかでその先を理解できる。ところが、君の朗読する声を聞くと、なにもかもぶち壊しになってしまうのだ！」

「先生、お言葉ですが、わたしはとても美しい声をしています！」パリオッキーニ嬢はムッとして言った。

「それはわかっている」バリッチは言下に答えた。「君を傷つけるつもりは毛頭ない。だが、すべてが異なる色を帯びてしまうのだ。わたしは、自分の世界をこれっぽっちも変えたくない。あらゆるものをそのままにしておく必要があるんだ。さあ、読んでくれたまえ。なにを読んだらいいかは、わたしが決めよう。いいね？」

「わかりました。やってみましょう。本をください」

バリッチに読むべき本を託されるやいなや、ティルデ・パリオッキーニ嬢は爪先立ちで書斎をこっそり抜けだし、奥の部屋で年老いた家政婦とお喋りをするのだった。バリッチはといえば、そのあいだも彼女に手渡した本の世界を生き、彼女が耽っているだろう享楽を想像して享楽に耽っていた。そして、ときおり尋ねるのだった。「すばらしいだろう？」あるいは、「ページをめくったかね？」などなど。それでも、ため息ひとつ聞こえてこないので、我を忘れて読み耽っているのだろうと想像し、返事がないのは、気が散るのが嫌なのだろうと思うのだった。

「そうだ。読みたまえ。読みたまえ……」そして、悦びを感じながら、小声で彼女にもっと読むことをうながすのだった。

パリオッキーニ嬢がときおり書斎に戻ってみると、バリッチがソファーの肘掛けに肘をのせ、両手で顔を覆った姿勢でいることがあった。

「先生、なにを考えていらっしゃるのです？」

「たしかあれは……」まるではるか遠くから届くような声で、バリッチは答えるのだった。そして、息を吐きながら我に返り、続ける。「たしかにあれは、胡椒だったはずだ……」

「なにが胡椒だったのですか、先生？」

「木だよ。街路に植わっていた木……。ほら、あそこの三列目の本棚の、上から二段目にある、おそらく奥から三冊目の本だ」

「先生はわたしに、いま、その胡椒の木を探せというのですか？」パリオッキーニ嬢の呼吸は、怯えて乱れていた。

「そうしてもらえたら、じつにありがたいのだが……」

彼女は、乱暴にページを繰りながら、該当箇所を探した。そして、本をていねいに扱うようにと注意されると、ますます癇癪を起こした。そう、彼女はもううんざりしていた。彼女は、飛び、走ることに慣れていたのだ。電車で、車で、鉄道で、自転車で、蒸気船で……とにかく駆けめぐる。ひたすら走り、生を満喫する！　紙の世界で、彼女は早くも息が詰まるのを感じていた。

そんなある日、ノルウェーでの追想を記した本を読むようにとバリッチから渡され、彼女はとうとう耐えきれなくなった。トロンハイムの大聖堂と、その隣にある木々に囲まれた墓地。毎週土曜の夜になると、そこへ敬虔な遺族たちが生花を供えにやってくるという部分の描写が好きかとバリッチに尋ねられ、こう答えたのだ。

「どれもこれも、すべて出まかせです！」抑えきれない怒りが爆発した。「わたしはトロンハイムに行ったことがあります。ですから、ここにある描写は間違っていると断言できますわ！」

バリッチは、憤怒に身体をわなわなと震わせ、ひきつけを起こしていた。

「ここにある描写が間違っているなどと、口にすることは許さん！」両手を高く掲げて、彼女を怒鳴りつけた。「君がそこに行ったことがあろうがなかろうが、どうでもいいことだ！　そこに書かれているとおりに決まっている！　誰がなんと言おうと、そうに違いないのだ！　君は、わたしを破滅させるつもりか！　帰れ！　さっさと帰ってくれ！　ここには二度と来るな！　わたしをひとりにしてくれ！　さあ、出ていくんだ！」

こうしてヴァレリアーノ・バリッチは、ひとり書斎に残された。パリオッキーニ嬢が床に投げつけた本を手探りで拾いあげ、ソファーに座りこんだ。本をひらくと、震える指でしわくちゃになったページを撫でた。それから本に顔をうずめ、そのままの姿勢で長いことじっとしていた。大理石の大聖堂がそびえ、その脇の墓地では、毎週土曜の晩に生花が供えられるトロンハイムの景色に見惚れていたのだ。そう、まさにその本に記されているとおり。何者も、それに触れてはならない。寒さも、雪も、供えられた生花も、大聖堂の青い影も……そこに描写されているものには、いっさい手を出すことはできない。なにもかもそのとおりなのだから。それが彼の世界なのだ。

紙の世界。彼の世界のすべて。

（一九〇九年）

10　自力で

Da sé

鎧《よろい》や羽根かざりをつけた馬がひき、馭者も馬丁も鬘《かつら》をかぶっている一等馬車。そんな立派な馬車を、彼のために親族が手配するなどとは、むろん考えられない。とはいえ、二等馬車ぐらいは使うだろう。たとえ世間体をとりつくろうためだとしても……。

とすると、正規の料金は二百五十リラ。

柩《ひつぎ》は、高級な胡桃《くるみ》やブナ材とまではいかないだろうが、モミ材を用い、むきだしにすることはあるまい（これも世間体を考えてのことだ）。

質は最低のものだろうが、いちおう赤のビロードをかぶせ、金メッキをほどこした飾り鋲や取っ手をつける。少なく見積もっても、ざっと四百リラ。

さらに、身体を清め、死に装束を着せてくれる人に（なんという仕事だろう！）、礼金をたっぷりと弾まなければならない。絹のかぶり物と布製の上履き代、ベッドの四隅に灯す四本のトーチ代、ベッドから馬車まで、それと馬車から墓穴まで、柩をかついで運んでくれる人への謝礼、花輪一式の費用……なにはともあれ、せめて一式ぐらいは飾るだろう。まあ、市立楽団はあえて呼ぶこともないので省くとして、《貧者の食事》《ボッコーネ・デル・ポーヴェロ》会の孤児たちが見送りの際に持つ大ろうそくが二ダースぐらいは必要となるだろう。連中は、町の死者という死者を見送るときに受け取る五十リラで暮らしているのだから。ほかに、どんな予測もつかない雑費が必要となるか、わかったものではない。

マッテオ・シナグラが自分の足で墓地まで向かい、シナグラ家の墓の入り口の前で経済的な自死を遂げるなら、親族はこのような諸々の費用をいっさい支払わずにすむ。法務官による検視さえすめば、その場で、髪を梳《と》かすこともなく、むきだしの状態の柩に遺体を放りこむことができ、何年も前から父や母、先妻、そして先妻とのあいだの二人の子どもが眠っている墓地に埋めてもらえ、じつに安く上がるというものだ。

どうも死者たちは、もっとも難儀なのは命を失うことであり、それさえすめばすべて終わりだと信じているようである。死んでゆく者たちにしてみれば、たしかにそうかもしれない。だが、死後二日か三日のあいだ、ベッドのうえで硬直したまま居座りつづける遺体が、いかに恐ろしい場所ふさぎであるかということや、かたわらで涙こそ流しながらも、そんな遺体から解放されるために遺族が向き合わねばならない苦労や費用については、考えもしないのだ。そうした作業のためにどれほどの費用が要るかを知った以上、彼のようなケース……要するに健康な状態で死ぬ場合、自ら死を望む者は、自分の足で墓地まで歩いてゆき、自力で安らかな眠りにつけばいいではないか。

そうだ、そのとおりだ。そうと決まった以上、マッテオ・シナグラはほかに考えることもなかった。不意に人生が、いっさいの意味を失なった気がしたのだ。これまでの人生で、自分がなにをしてきたかさえ、はっきりとは思い出せなかった。もちろん、世間一般の人がするような取るに足らないことならば、知らず知らずのうちにひととおり彼もやってきた。さして気構えるまでもなく、さりげなくやってのけることができた。それもそのはず、三年前まで、彼はかなり恵まれた状況にあった。なにをするにおいても、一度だって困難を感じたことはなかったし、行動に出るべきか否か、あるいはこちらの道をとるかあちらの道をとるか決めかね、進めもせず途方にくれるようなことも、一度もなかった。どんな事業に臨むときも、自信に裏打ちされた明るさでやってのけてきたのだ。いかなる道だろうと歩き、つねに進みつづけてきた。ほかの人にとってはおそらく克服しがたいであろう障害が待ち受けていたとしても、彼はものともしなかった。

三年前までは。

それが、どのようにしてかも、なぜかもわからないが、何年ものあいだ彼を支え、ためらうことなくすたすたと前に進めるように後押ししてくれていた一種の霊感のようなものが、ふいに消えてしまった。彼ならではの自信に裏打ちされた明るさが崩れ去り、それと同時に、これまで才能と要領で支えられてきた事業も行き詰まった。あまりに突然のことに、彼自身もなにが起こったのか理解できず、面食らうばかりだった。

こんな調子で、ある日を境に、突如すべてが変化し、翳《かげ》りが生じた。こうなると、物や人の見え方まで変わったように思えてくる。なんの前触れもなく、それまでまったく知らなかった別の自分と向き合わざるを得なくなった。しかも、いつのまにか彼をとりまく世界まで、かたくなで鈍感で、まるで濁ったように不活発な、完全に未知の世界となっていた。

はじめのうちは、ふだん車の騒音のなかで生活していた者が、ある日とつぜん、その騒音が消えたときの静寂によって引き起こされるのとも似た、虚脱状態がしばらく続いた。その後、損害の規模を検証してみた。彼だけでなく、後妻の父親や兄からも莫大な資金を任されていた。義父も義兄も大きな損害を被ったものの、さいわい取り返しがつかないというほどではなかったが、彼自身は完全な破滅だった。

こうして彼は、損害そのものの重圧というよりも、なんの前触れもなく自分の人生を狂わせた不可解な行き詰まりが、修復不可能なものであるという自覚に押しつぶされ、家に引きこもってしまった。

行動を起こすべきだって？　だが、なぜ、どうして家から出ないといけないのか。どのような行動も、どのような一手も無意味だった。もはや話すことさえ意味がない。

彼はひとことも口を利かず、部屋の隅にこもり、絶望にうちひしがれた妻の苦悩や涙を、感覚を失った人間のようにぼんやりと眺めていた。髪も鬚も伸び放題で。

そんなある日、怒髪天を衝く勢いで義兄がやってきて、大声で説教したあと、彼を小突いて外に追いだした。

つい最近開店したばかりの、農業銀行の小さな支店で使い走りでもしながら、たとえ日当十リラでもいいから稼がなければならないというときに、そんなふうに椅子に座ってぐずぐずしているのか？　外へ出ろ！　ともかく家を出るんだ！　損害ならば、すでに十分引き起こしたではないか。ただでさえとばっちりを受けた親族に、このうえ妻と二人の小さな子どもともども養わせるつもりなのか？　さあ、出ていけ！

ああ、出ていくとも。こうして、彼は何日か前から家を出て、くだんの農業銀行の小さな支店で使い走りをすることになった。擦《す》りきれた帽子に、色の褪《あ》せた制服、破れた靴……。腑抜けの顔つきをしているのが、せめてもの救いだった。

もはや、彼がマッテオだと気づく者は誰もいない。

「あれが、マッテオ・シナグラだというのか？」

正直なところ、彼自身も、それが自分の姿だとは思えなかった。ところがその朝、ついに……。

彼の前に友人があらわれた。よき時代をともに過ごしたその親友に、自分のいまの状況をはっきりと突きつけられた。

いまの自分は、いったい誰なのか？　何者でもないではないか。それまで手にしていたものをすべて失ったからだけではない。擦りきれた帽子に、色褪せた制服と、破れた靴を身につけた使い走りという、困窮し、屈辱的な状態におちぶれたからだけではない。そうではなく、文字どおり、何者でもなくなってしまったのだ。なぜなら、もはや彼のなかには、三年前までの自分であるマッテオ・シナグラの外観以外（それでさえ、ひと目では見分けがつかないほど変貌していたが……）、なにも残されていなかった。家出したばかりの銀行の使い走りという姿を、彼自身も自分だとは感じていなかったし、ほかの人たちも彼とはわからなかった。

つまり、どういうことなのか？　彼はいったい何者なのか？　まだ生をスタートさせていない、別の人間なのだ。これから生き方を身につける必要があった。それも、わずか十リラの日当しかもらえない、これまでとはまったく異なる、侘しくて惨めな新しい生活だ。だが果たして、そんなことをする価値があるのだろうか。マッテオ・シナグラは、本物のマッテオ・シナグラは、死んだ。三年前に確実に死んだのだ。その朝、偶然に再会したその友人の眼は、悪意のない残酷さで、そのような事実を彼に告げたのだった。

町を離れていた友人にとって、それは六年ぶりの帰郷であり、マッテオの身の上にふりかかった災難のことはなにも知らなかった。通りですれちがったとき、最初はマッテオであることにも気づかなかった。

「マッテオなのか？　信じられない。ほんとうに君は、マッテオ・シナグラなのか？」

「どうやらそうらしい」

「どういうことだ？」

その瞬間、マッテオをまじまじと見た彼の目に、その彼の目に、戸惑いと憐憫と嫌悪の情が浮かんでいたため、マッテオはふと、そこに死んだ自分の姿を見出した。彼は確実に死んでいて、それまでマッテオ・シナグラのものだった人生の欠片《かけら》さえ、そこにはなかった。

そんなマッテオの影に対してかける言葉も、眼差しも、微笑みも見つけることができず、友人がくるりと背を向けたため、あらゆる事柄がにわかに意味をいっさい失い、生がすべて空虚になったような、奇妙な印象を覚えた。

だが、それはいま始まったことなのだろうか。いや……とんでもない！　三年前からそうだった。三年前から、彼はすでに死んでいた。そう、三年も前から……。それなのに、まだこんなところで、こうして動きまわっているのか？　歩き、呼吸をし、眺めているのか？　どういうことだ？　もうなんの価値もないというのに！　自分はもはや何者でもなくなったというのに！　三年前のあの服を着て……足には三年前のあの靴を履き……。

もうよせ、いい加減にしろ。情けなくはないのか？　そんなふうに死人が動きまわるだなんて。自分の居るべき場所に戻れ！　向こうだ。墓地だ！

この死人という邪魔者さえ片付けば、未亡人や二人の遺児の面倒は親族がみてくれるにちがいない。

マッテオ・シナグラは、ベストのポケットにしまってあるリボルバーにそっと触れた。それは、もう何年も前からの忠実な伴だった。そして、迷うことなく、墓地へと続く道を歩みはじめた。

それはじつに楽しい光景だった。これまでに見たことも聞いたこともないほど愉快な経験だった。

死者が、自力で、自分の足で、ゆっくりと、心安らかに自らの運命へと向かってゆく……。

マッテオ・シナグラは、己が死者であることを完璧に自覚していた。それも、ずいぶんと時を経た死者だった。三年も前の死者であり、失われた生に対する悔恨もすべて涸《か》れるのにじゅうぶんな時間が経過していた。

いまや、このうえなく身軽で、まるで羽毛のようだった。ふたたび己を見出し、自分自身の影という、己の肩書きも見つけた。あらゆる障害から自由になり、いっさいの懊悩《おうのう》から解き放たれ、すべての重圧を免れ、心地よい眠りに就きにゆく。

そう、こうして死者として、二度とふたたび戻ることはあるまい、これで最期なのだという気持ちで歩む墓地までの道のりには、これまでとはまったく異なった趣が感じられ、彼の心は解放された喜びで満たされるのだった。もはや彼はほんとうに、生の埒外《らちがい》にあり、生を超越したところにあった。

死人は、亜鉛に胡桃材を張った二重の柩に納められ、しっかりと釘を打たれた状態で馬車に乗せられ、この道を進む。ところが彼は、そのおなじ道を自分の足で歩き、呼吸し、頭を右や左に向けながら、辺りを見まわすことができる。

そして、新しい目で、もはや彼とは無関係な、彼にとってはなんの意味もなさない物たちを眺める。

木々……おお、なんという驚き！　木は、こんな姿をしていたのか。これが木だというのか。それに、向こうの山々……どういうことだ。あの青い山々……頂上に白い雲を戴《いただ》いている……そういえば、雲も……なんと不可思議なのだろう！　それに、あの奥にある海……あんな姿をしていたっけ？　あれが、海なのか？

肺に入ってくる空気まで、新しい味を帯びている。唇や鼻孔に感じる、これまでとはまったく異なる甘い涼味……。空気……おお空気よ。なんとすばらしいものなのだろう！　彼は空気を吸いこみ……それを呑みこむ。あちらの人生では、そんなふうに空気を呑みこんだことは一度もなかった。それは、人生の途上にある人には真似できないような呑み方だった！　まさに、空気そのものとしての空気、生きるために吸うものではない。このような、無限に存在する、包みこむような甘い空気は、霊柩馬車でこの道を行き、真っ暗な柩の中に横たわり、硬直し、息もできない他の死者たちには味わえないものだ。かといって、生きている者たちも味わうことはできない。生きている者たちは、最後の最後になって、ふたたび永遠に空気を味わいなおすという行為がどんなものか、知らないのだから。それは、いまここにある、震えるほど強烈な永遠だった！

道のりはまだ長い。だが彼は、この場にとどまることもできるだろう。ここは永遠の中だ。生者は経験したことのない神々しい陶酔感のなかで、歩き、息をすることができる。

「一緒に行ってもいいかい？　連れてっておくれよ……」

それは石ころだった。通りの石ころ。もちろん連れていってもかまわない。マッテオ・シナグラは屈みこみ、その石を拾う。てのひらに重みを感じる。石ころ……。石ころというのは、こんなふうだったっけ？　これが石ころ？　ああ、そうだ。岩が小さく砕けたもの……息づく地面……息づくこの大地全体の欠片……宇宙が小さく砕けたものだ。それがいま、彼のポケットの中にある。旅の道連れとなったのだ。

あの小さな花は？

よし、あの花も、ここに、この死人のボタン穴に挿そうではないか。この世とはまったく無縁で、心晴れやかに、幸せさえ感じながら、自力で逝こうとしている彼。祭りに行くかのように胸に一輪の小さな花を挿し、自分の足で、自分の墓穴へと向かっている。

いよいよ墓地の入り口に差しかかる。あと二十歩ほどで、死人は自分の家に到着する。涙なんてひと粒も流れない。例の小さな花を胸に挿し、自力で、足早にやってくる。

墓地の門前に立ちならぶ防風用の糸杉が、美しい景観をなしている。おお、それは、小高い丘の上にある、オリーブの木々に囲まれた慎ましい家だ。美しさをひけらかすことなく並ぶ墓碑が、百あるかないかといったところだ。祭壇のある小さな祠《ほこら》に、小さな門、そのまわりを囲むように植えられたいくらかの花々。

死者にとってこの墓地は、まさに個人の住処だ。村からは遠く、生者が訪れることはめったにない。

マッテオ・シナグラは中に入り、門の右手にある小屋のまえで座っていた年老いた門番に挨拶する。肩に灰色の羊毛のストールを巻き、飾り紐のついた帽子を目深にかぶっている。

「おい、ピニョッコ!」

ピニョッコは眠っていた。

マッテオ・シナグラはその場に立ちどまり、大勢の死者に囲まれた、唯一の生者の眠りをじっと眺める。彼は——死者の一人として——、その姿に不快感を覚え、なんとはなしに苛立ちを感じる。

まったく、なんというありさまだ。死者は、一人の生者が自分たちを見守り、自分たちを覆っている地面の上で仕事をしているると思うからこそ、安らかに眠れる。地上の者も眠っているし、地下の者たちも眠っているのでは、眠りが多すぎるではないか。ピニョッコを起こし、言ってやらねばなるまい。

「おい、来たぞ。わたしもお前の者たちの仲間だ。親族に余分な金を払わせずにすむよう、自力で来たんだ。この足でな。それにしても、お前はそれでわたしたちの世話をしているつもりなのか？」

まったく、なにが世話だ。哀れなピニョッコよ！ 死者を見守る必要があるというのか？ わずかな花壇に水をやり、そここの墓碑の、とくに誰を照らすでもない灯明に灯りをつけ、通りの枯れ葉を掃いてしまえば、ほかにすることなどありはしまい。ここでは、誰ひとり息をしていない。蝿の羽音や、丘に茂る記憶をとどめないオリーブの葉のかすかなざわめきを聞いているうちに、ピニョッコは眠りにひきこまれてしまう。哀れなピニョッコよ、彼もまた、死を待っていた。そして、死を待つあいだ、こうして、地面の下で永遠に眠る大勢の死者たちの上で、仮の眠りをむさぼっているのだ。

おそらく、もうしばらくしたら、リボルバーの乾いた音で目覚めることだろう。いや、それでも目を覚まさないかもしれない。リボルバーはそれほど小さなものだったし、彼はじつに深く眠っていた。やがて日が暮れるころ、墓地の門を閉めようと最後の見まわりに行ったとき、小道の突き当たりで、黒い障害物が小道をふさいでいるのを発見することだろう。

「おお！　なんだ、これは？」

なんでもないさ、ピニョッコよ。地下に行かねばならぬ男だ。地下に寝床を準備するよう、人を呼んでくれ。あまりていねいな支度はいらない。適当でかまわない。親族に余分な金を使わせないために、自力でここまでやってきた。自分の住処で、死者に囲まれ死んでいる己の姿を見たいがために、目をしっかりと開き、意識も完璧な状態で、無事目的地に到着した。

ポケットの中の石ころは、そのままにしておいてくれ。石ころも、通りで太陽にじりじり照りつけられることにうんざりしていたのだから。それと、ボタン穴に挿してある小さな花も、そのままにしておいてくれ。いまの彼にとって、死者としての精いっぱいの贅沢なのだから。親族も友人も供えてくれない花輪のかわりに、自分で摘んで、自分で供えたのだ。彼はまだ、こうして地上にいたが、まさに三年ぶりに地下から這い出してきたかのようだった。墓碑や、花壇、砂利を敷いた小道、黒い十字架、そして貧しい者たちの墓地に飾られたブリキの花輪が、丘から見るとどのような光景なのかを知るために。

それは、すばらしい光景だった。

マッテオ・シナグラは、ピニョッコを起こさないように足音を忍ばせ、こっそり墓地へ入ってゆく。

まだ眠りに就くには早すぎる。日暮れまで、あちこちのぞいてまわりながら（むろん、死者として）、小道をさまよい、月が昇るのを待つ。そして、安らかに眠ることにしよう。

（一九一三年）

11

すりかえられた赤ん坊

Il figlio cambiato

夜のあいだじゅう途切れることなく唸り声のようなものが耳につき、夢現《ゆめうつつ》の夜更けの時刻には、それが動物の唸り声なのか人間の唸り声なのかも判断できずにいた。

翌朝、近所の女たちが教えてくれたことによると、眠っているあいだに三か月の赤ん坊をさらわれた母親（サーラ・ロンゴとかいう名）の、嘆き悲しむ声だったらしい。なんと、代わりに別の赤ん坊が置き去りにされていたということだ。

「さらわれた、だって？　どこのどいつが赤ん坊をさらうんだ」

「《女たち《ドンネ》》よ！」

「ドンネ？　そいつは誰だね？」

説明によると、《ドンネ》というのは夜中にあらわれる幽霊の類《たぐい》で、この一帯に棲みついている魔女らしい。わたしは驚くやら憤慨するやらで、こう尋ねた。

「なんだって？　それでその母親は、そんなことを本気で信じてるのか？」

人の好い奥さん連中は、悲嘆に暮れ恐怖に怯えるばかりで、驚き憤慨しているわたしに対し、腹を立ててさえいるようだ。つかみかからんばかりの剣幕でわめきたてた。唸り声を聞いたとき、自分たちは露《あら》わな姿のままロンゴの家に駆けつけ、すりかえられた赤ん坊が、ベッドの足元のほうの床に置き去りにされているのを、この目で見たのだと。そう、たしかに見たんだ。ロンゴの赤ん坊は、ミルクのような真っ白の肌に黄金のようなブロンドの髪で、さながらイエスのような赤子だったのに、置かれていた赤ん坊は、肝臓のように赤黒く、猿に輪をかけた醜さだった。そして、まだ髪をかきむしっていた母親本人から、一部始終を聞いたというのだ。いわく、その晩眠っていたところ、泣き声を聞いた気がして目を覚ました。子どもはどこかとベッドの上で手を伸ばしてみたが、見つからない。慌てて跳ね起き、灯りをつけると、かわいい我が子の姿はどこにもなく、代わりにその化け物のような赤ん坊が床に置かれていて、あまりの恐怖と気味悪さから、触ることもできない……。

ロンゴの家の赤ん坊は、まだ産着にくるまれているほど小さかった。そんな小さな赤ん坊では、母親が眠っているすきにベッドから落ちることはあっても、すばやく遠くに移動することは不可能だし、その小さな足でベッドの隅まで歩くこともできないはずだ。だとしたら、なぜそんなところにいたのか。

夜のあいだに《ドンネ》がロンゴの家に忍びこみ、子どもをすりかえたにちがいない。かわいらしい赤ん坊を奪ったうえに、意地の悪いことに、醜い子どもを置いていったのだ。

そう、《ドンネ》は、なんの罪もない母親たちに、この手の意地悪をしょっちゅうしでかす！　揺りかごから赤ん坊を抱きあげて別の部屋の椅子のうえにおいてみたり、ひと晩のうちに赤ん坊の足を歪めたり、目を斜めにしたり。

「ほら、この子をご覧よ。ここを見て！」

一人の女が、抱いていた女の子の頭を手荒くつかんだかと思うと、ぐるりとまわし、うなじのあたりの縺れたような髪の束をわたしに見せた。それを切ったり、ほぐしたりしようものなら、とんでもないことになる。子どもが死んでしまうというのだ。

「これが何かわかるかい？　三つ編みだよ！　《ドンネ》の三つ編みなんだ。あいつらは夜のあいだに、母親が大切にしている罪もない子どもたちの頭に、こんな悪戯をしていくんだ」

これほど明白な証拠を前にしたいま、そんなのは迷信にすぎないと彼女たちを納得させるのは無理だと判断したものの、わたしは、その赤ん坊の行く末が気がかりでたまらなかった。このままでは迷信の犠牲になってしまう。

きっと、夜のあいだになにかしら、体調に異変があったにちがいない。おそらく、小児麻痺かなにかだろう。

その母親はこれからどうするつもりでいるのか、そう問うてみた。

すると、すべてを放り投げ、家を飛びだし、狂ったようにあてもなく赤ん坊を探しに出ようとしていた彼女を、力ずくで阻止したのだと話してくれた。

「それで、置き去りにされた赤ん坊は？」

「見たくもないし、話題にもしてくれるなって！」

奥さん連中の一人が、赤ん坊が死んでしまわないよう、水を含ませたパンに砂糖をつけ、ハンカチにくるんで乳首の形にしたものを、吸わせてやったそうだ。そのうえで、神に誓って、恐怖心と気味悪さに打ち克ち、自分たちで代わるがわる面倒をみると言った。たしかに、良識的に考えて、少なくとも最初の何日かはあの母親にそれを求めるのは酷というものだろう。

「まさか、飢え死にさせるつもりではあるまいな」

この奇妙な出来事を警察に知らせるべきではないだろうかと考えあぐねていると、

その晩のうちに母親のロンゴが、ヴァンナ・スコーマとかいう女の許へ、助言をもらいに行ったと伝え聞いた。例の《ドンネ》と神秘的な交渉ができる、そういう評判の女だ。風の吹きすさぶ晩、《ドンネ》が近所の家の屋根に降りてきて、ヴァンナの名を呼び、どこかへ連れていくという噂だった。ヴァンナは、服を着て靴を履いたままの状態で、まるでかかしのように椅子にぐでんと腰かけたまま、魂だけが肉体を抜け出し、魔女たちに連れられ、どこへともなく飛びまわるのだそうだ。そのあたりでは、自分の家の屋根の上から、引きずるような哀切な口調で「ヴァンナおばさん、ヴァンナおばさん」と呼ぶ声が聞こえたと証言する者が何人もいた。

くだんの母親は、助言を求めにこのヴァンナ・スコーマのところへ赴いたのだが、ヴァンナおばさんは最初（当然のことながら）、何も答えたがらなかった。だが、手を合わせて何度も懇願するうちに、遠まわしながらも、しだいに赤ん坊を「見た」ことをほのめかしたのだ。

「見たのですか？　どこで？」

たしかに見たが、その場所まで話すわけにはいかない。いずれにしても、赤ん坊は無事だから安心するように。ただし、おまえも、預けられた子どもをかわいがり、面倒をみなければならない。というより、おまえがここであの赤ん坊をかわいがればかわいがるほど、向こうにいるおまえの赤ん坊もかわいがってもらえるのだから、心するように……。

それを聞いたとき、この魔女の知恵に対する賞賛に満ちた驚きで、わたしの胸はたちまちいっぱいになった。魔女は両者を公平にするために、むごいと同時に慈悲深い方法をとり、離ればなれにさせられた我が子が愛しかったら、代わりに置かれていた赤ん坊に対する嫌悪感や恐怖心に打ち克ち、赤ん坊の口に自分の乳を含ませて栄養を与えずにはいられない状況に追いやることで、母親のなかに強く根付いている迷信を罰しようとしているのだ。しかも、いつか自分の赤ん坊をふたたび抱ける日が来るだろうという希望を、完全に否定することもない。自分には叶わないが、あれほど健《すこ》やかでかわいらしい我が子を、誰かほかの人が見守ってくれているのだ。

しかも、むごいと同時に慈悲深いこの知恵を魔女が用いたのは、それが公平なやり方だからではなく、ロンゴが彼女の許を訪れることにより、利益を得られるからにすぎないのだ。一日に一度、ロンゴが来るたびになにがしかの金が入ってくる。赤ん坊を見たと言っても、見なかったと言っても（見なかったと言えばなおさら）同じことだ。とにかく、彼女が知恵者であることは変わらない。だが、いくら知恵があるからといって、あの魔女が魔女でないというわけではないのだ。

このような状況は、ロンゴの夫が帆船《スクーナー》でチュニスから帰ってくるまで続いていた。船員だったロンゴの夫は、今日はこちら、明日はあちらと航海を続けているうちに、もはや妻のことも子どものこともほとんど顧みなくなっていた。そのため、げっそりと痩せ、心ここにあらずといった様相の妻と、骨と皮ばかりになり以前の面影をまったく失ってしまった息子を見ても、母子で病気を患っていたという妻の説明を鵜呑《うの》みにしただけで、それ以上はなにも尋ねなかった。

災難は、夫がふたたび発ったあとに起こった。追い討ちをかけるように、ロンゴの奥さんがほんとうに病気になったのだ。しかも、さらなる災難が待ち受けていた。二人めの妊娠……。

そのような体調では(ロンゴの奥さんはとくに妊娠初期のつわりがひどかった)、もはやヴァンナのところに毎日通うこともできず、行方不明の息子がきちんと面倒をみてもらえるよう、その醜い子どもの面倒をみつづけるしかなかった。なぜ自分がそのようなひどい目に遭うのか。そのうえ、苦悩のあまり母乳は水のように薄くなり、次の子を妊娠した今となっては、その子に与えることもできない。まったくこの世に正義なんてものは存在しないのだと日々悶々としていた。

どう見ても健やかには育ちそうにないその子と同じように、愛する我が子も健やかに育たないのなら、正義なんてものはない。その子の首はしなび、黄色い頭が、がくりと片方の肩に垂れたかと思うと、すぐに反対側の肩に垂れ、両方の脚が不自由に見えた。

そのあいだにも、チュニスに戻った夫が、旅の途中、仕事仲間から《ドンネ》の言い伝えを聞いたという手紙を書いてよこした。誰もがその言い伝えを知っていて、知らなかったのは自分だけだった。ただし、真実は別にあると思っている。つまり、息子は死んでしまい、おまえが孤児院へ行って、代わりにどこかの捨て子をもらってきたのだろう。親が誰かもわからない子どもを家に置くのはごめんだから、すぐに返してくるようにと、妻に命じたのだった。それでも、ロンゴの奥さんは、夫が帰ってくるのを待ち、どうかこの不幸な赤ん坊に、慈悲をかけろとまでは言わないが、せめて辛抱してやってほしいと必死に頼みこみ、ようやくうんと言わせたのだった。彼女自身、我が子をつらい目に遭わせたくない一心で、必死に辛抱しているのだから……。

二番目の子どもが生まれると、状況はさらに悪化した。自然の成り行きというもので、ロンゴの奥さんは行方不明になった長男のことをあまり考えなくなり、その結果、哀れなぼろ布のようなあの子どもの面倒もみなくなってしまった。ご存じのとおり、彼女の子どもではなかったのだから。

とはいえ、けっして暴力をふるっていたわけではない。毎朝、服を着せると、通りに面した戸口に置いた、防水布でできた小さな揺り椅子に座らせ、硬くなったパンの切れ端やリンゴを、日よけの下の小箱に入れておく。

なんの罪もない哀れな子どもは、脚をぶらぶらさせ、小さな頭をだらりと垂れ、そこにずっと座っている。髪は砂がついて汚れている。というのも、通りかかる子どもたちが、しょっちゅうその子の顔にふざけて砂を投げつけるからだ。その子は小さな手で防ごうとするが、息もできないし、目が痛くて瞼を開けることもできない。そんな薄汚い子どもに蠅がたかり、舐《な》めまわす。

近所の女たちは、この子のことを「《ドンネ》の子」と呼んでいた。ときに、子どもたちがやってきてなにか訊いても、その子はただ見返すだけで、返事もしなかった。

おそらく質問が理解できないのだろう。病気の子どもにありがちの、悲しげな、遠い笑みを浮かべるだけだった。その笑みは、目尻と口の両端に皺を刻んだ。

ロンゴの奥さんは、生まれたばかりの、ピンク色の肌をした自分のふくよかな赤ん坊（長男とよく似ている）を抱いて戸口に立ち、もはやなぜそこにいるかもわからないその不幸な子どもに、憐憫の眼差しを投げかけた。そして、深いため息をついた。

「なんという責め苦！」

いまでも時折り、もう一人の息子を想い、彼女の目に涙があふれることがある。近ごろでは、ヴァンナ・スコーマが、頼みもしないのに知らせを持ってやってきては、なにがしかの金をせびっていく。それは、決まって、子どもは健やかにかわいらしく成長し、幸せに暮らしているという知らせなのだ。


（一九〇二年）

12

登場人物の悲劇

La tragedia d'un personaggio

毎週日曜日の午前中は、未来の小説の登場人物たちの面接をする、それがわたしの古くからの日課である。

八時から十三時までの五時間。

ほぼ例外なく、ろくでもない連中の相手をする羽目になる。どういうわけか、わたしとの面接にはたいてい、世の中に対して大いなる不満を抱えた者や、謎の病に悩まされている者、あるいはきわめて奇怪な事件に巻き込まれた者などがやってくるため、その扱いにはじつに難儀する。

それでもわたしは、辛抱づよく皆の話を聴き、愛想よく質問をし、おのおのの名前や境遇をメモし、彼らの心情や希望を考慮する。あいにくわたしは、そうかんたんには満足できない性分だ。たしかに辛抱づよく愛想もよいのだが、ごまかされることに耐えられない。時間をかけて事細かに問いただし、彼らの心の奥底まで入りこまないと気がすまない。

すると、わたしの質問に対して顔を曇らせ、身体を硬直させ、猛烈な剣幕で食ってかかる者が、一人ならず出てくる。おそらく、面接のさいに見せる彼らの生真面目な態度を切り崩すことに、わたしが喜びを見出しているとでも思うのだろう。

わたしは、あいかわらずの忍耐強さと愛想のよさで、質問が形式的なものではないことを説明し、証明してみせようとする。というのも、自分がこんな風でありたいとか、あんな風になりたいなどと望むのは容易だが、結局はすべて自分の望むようになれるか否かにかかっているのだ。そうした能力に欠けている場合、どんな願望も、当然ながら虚ろで滑稽なものにしか見えない。

ところが、いくら説明しても、連中は納得してくれない。

そこで、もともと心根の優しいわたしは、彼らに同情してしまう。とはいっても、災難のなかには、笑いの対象にしてはじめて同情が生まれる場合もある。

その結果、わたしの小説の登場人物たちは、わたしが冷酷無比な作家だと世間に吹聴してまわることになる。この手の笑いの下にどれほどの思いやりが隠されているのかを理解してもらうには、気骨のある書評家が必要だろう。

だが今日、気骨のある書評家などどこにいるというのか。

そうかと思うと、面接のさい、ほかの人を差しおき、横柄にしゃしゃり出て自分の話をしようとする人物がいて、場合によっては、その場でただちに対応しなければならないこともある。

多くは、あとになって自分たちのそうした性急な態度を反省し、おのおのが持つ欠点を取りつくろってはくれまいかと懇願するのだ。そんな彼らにわたしは笑みを浮かべ、時間の余裕ができ、相手ができる状況になるまで、持って生まれた罪を贖《あがな》いながら待つようにと、やんわり言って聞かせるのだ。

後ろのほうで順番を待つ人物たちは、疲れ果て、嘆息する者や、気落ちする者、うんざりして別の作家の戸を叩きに行く者など、さまざまだ。

ほかの同業者の小説で、以前わたしのもとを訪ねてきた登場人物を見かけることも、一度や二度ではなかった。わたしの扱いに満足できず、ほかでもっとよい役柄を与えてもらえないか試してみようと考える者たちもいる。

だからといって、わたしは文句を言うこともない。たいてい、一週間に二人や三人は新しい登場人物がわたしの眼前にあらわれるからだ。おおぜい詰めかけることもめずらしくなく、いっぺんに複数の人物の話を並行して聴かなければならないケースもある。ただし、そんな状態が続くと、分裂し困憊《こんぱい》したわたしの精神が、二人同時、あるいは三人同時の登場人物の育成を拒絶し、一人ずつゆっくり落ち着いて話を聴かせてくれるか、さもなければ三人まとめて煉獄《れんごく》にでも行ってくれと、憤慨して叫びだすことになる。

遠くからはるばる訪ねてきて、自分の番がまわってくるのをひたすら従順に待っていた一人の哀れな老人のことは、いまだによく憶えている。イチリオ・サポリーニという名の音楽家で、一八四九年、ローマ共和国が崩壊したとき、どんな歌かは知らないが、愛国的な歌を作曲したがために国外追放処分となり、アメリカに渡った。それから四十五年後、八十歳近くなって、ようやく骨を埋《うず》めにイタリアに戻ってきたのだ。その老人は、まるで蚊の鳴くような声で話し、慇懃《いんぎん》な態度でほかの皆に順番を譲っていた。そして、長く病気で臥せっていたわたしがようやく治りかけていたある日、口の端に薄笑いを浮かべ、おずおずと部屋に入ってきた。

「もしよろしければ……お邪魔でなければ……」

おお、ご老輩！　なんというタイミングを選んでくれたものよ。わたしは、「古い音楽」というタイトルの短篇のなかで、さっそくこの老人を死なせてやった。

先週の日曜日のこと、わたしはいつもより少し遅れて、面接をするために書斎に入った。

昨夜は、わたしのもとに送られてきたものの、一か月以上読まずに放置してあった長篇小説を読んでいるうちに、夜中の三時になってしまった。というのも、その小説に登場する人物のほとんどが虚ろな影のような存在でしかなかったが、なかに一人だけ生きた人物がいて、わたしは多くのことを考えさせられたからだ。

この人物は、フィレーノ博士という名の哀れな男として描かれており、自分があらゆる種類の災難を防ぐことのできる、もっとも効率的な対策を見出したと信じていた。個人的なものか社会的なものかにかかわらず、どんな災難に対しても、自分自身はもちろん、すべての人間の不安を軽減できる、確実な処方箋である。

じつのところ、このフィレーノ博士が考案した方法は、対策や処方箋などというよりも、朝から晩まで歴史書を読みつつ、いまという瞬間も歴史のなかに見出してしまおうというものだった。要するに現在を、あたかもすでに遠い昔のことのように見つめ、過去の資料のなかに位置付けるのだ。

この方法を用いれば、あらゆる苦悩やあらゆる厄介ごとから解放され、死に縋《すが》る必要もなく、心の平穏を見出すことができる。それは、地上の人間がことごとく死に絶えたあとにもなお、地表を覆う墓地が保ち続けているであろう、悔恨とは無縁の悲しみを湛《たた》えた、威厳ある晴れやかな平穏なのだ。

フィレーノ博士は、現在に対する教訓を過去から得ようなどとは夢にも思っていなかった。そんなのは愚か者のすることであり、時間の無駄だとわかっていた。というのも、歴史とは、歴史家たちの素地、反感や好み、野望、さらには見解などにしたがって集められた要素の概念的な集合体にすぎず、このような概念的な集合体を、あらゆる要素がいまだとっちらかったまま蠢《うごめ》いている生に役立たせることは、不可能だからである。同様に、未来のための手本や予測を現在から得ようなどとも、夢にも思っていなかった。むしろ、その逆の行動をとっていた。現在を見出すために観念的に未来と向き合い、しかもそれをまるで過去の出来事のように捉えていたのだ。

具体例をあげるなら、数日前、フィレーノ博士は娘を亡くした。そんな不幸に見舞われた彼にお悔みを言おうと友人が訪ねたところ、まるで娘が死んでからすでに百年以上経過したかのように、はやくも完全に立ち直っていた。

起こったばかりのその痛ましい出来事を、彼は間違いなく時間軸の彼方へと追いやり、過去に封じこめ、過去の一部としたのだった。しかも、彼はそのことについて、驚くほどの高みから自尊心を込めて語っていた。

要するにフィレーノ博士は、独自の方法で、ちょうど逆さまの望遠鏡のようなものを作りあげていたのだ。彼がその望遠鏡を取り出すのは、未来を見るためではない。しょせん、未来には何も見えないだろうことは承知していた。そうではなく、大きなレンズから覗きこみ、小さなレンズを通して現在に焦点を当てることで満足するよう、己の心に言い聞かせていたのだ。そうすることにより、万事が小さく隔たって見えるようになるわけだ。ここ数年、彼は間違いなくベストセラーとなるだろう本の企画を温めていた。『距離を置くという哲学』である。

小説を読んでいたわたしは、作者がごくありきたりの筋立てを技巧的に縺《もつ》れさせることに終始し、この登場人物の意識下にあるものすべてを存分に生かせてはいないと、はっきりと感じとった。くだんの登場人物は、彼ひとりのなかに正真正銘の創造の芽を持っているため、語られ描写されている出来事はごく平凡なものであるにもかかわらず、途中からしばらくのあいだ作家の手を導き、独特な人物としてくっきり立ち、旺盛な存在感を発揮することができている。ところがある時点でふいに形がぼやけ、生気を失い、上っ面だけの浅ましい結末を迎える必要性によって歪められ、妥協せざるを得なくなってしまうのだ。

ひっそりと静まり返った夜更けに、わたしはこの登場人物の姿を目の前にして、長いこと空想に耽《ふけ》っていた。なんと惜しいことをしたのだろう！　彼の内には溢れるほどの素材が潜んでおり、最高傑作を引き出すことができたはずだった！　作家がこれほどひどく過小評価し、ないがしろにしなければ、もしこの登場人物を物語の中心に据えていたならば、この作家が用いた技巧的な要素すべてにさえも、おそらく変化が生じ、たちまち生気に満ちたものとなっていただろう。そう考えているうちに、哀れにも生かされることのなかった存在に対する、はかりしれない苦悩と苛立ちに、わたしの頭は占拠されてしまった。

さて、その朝いつもより遅く書斎に入ったわたしは、その場が異様に騒がしいことに気づいた。ほかでもない、フィレーノ博士が、わたしを待つ登場人物たちのあいだに割り込み、憤慨を買っていたのだった。皆は彼に飛びかかり、なんとかしてそこから追いやり、ひきずって後ろに連れ戻そうとしていた。

「おやおや！」とわたしは声を張りあげた。「皆さん、何をしているんだね？　フィレーノ博士、わたしはあなたのために、すでにじゅうぶんすぎるほどの時間を費やした。まだわたしに、何か用があるというのか？　あなたはわたしの管轄ではない。これからわたしは、わたしの登場人物の相手をするのだから、邪魔をしていないで帰りなさい」

そのとき、フィレーノ博士の顔に、絶望に打ちひしがれた、言いようのない苦渋が描き出された。そのとたん、ほかの人たち（あいかわらず彼に文句を言っていたわたしの登場人物たち）は自責の念に駆られ、青ざめて後ずさりした。

「追い出さないでください。どうかお情けですから、わたしを追い出さないでください。ほんの五分でかまいません。ここにいる皆さんには我慢していただいて、面接をしてください。お願いです。わたしの言い分を聞いてほしいのです」

わたしは途方に暮れたのと、彼が不憫《ふびん》になったのとで、こう尋ねた。

「言い分とはなんだね？　いいかい、博士。あなたがもっと優れた書き手によって描かれるべき人物であるという点に関しては、わたしもまったくもって同感だ。だが、だからといってわたしにどうしろというのかね？　あなたの運命については、すでにたいそう心を痛めた。もうじゅうぶんだ」

「〝じゅうぶん〟ですって？　そんなのひどすぎる！」フィレーノ博士は、身体じゅうにこみあげる悲憤のためにわなわなと震えながら、堰《せき》を切ったように話しだした。「自分のことではないから、そんなふうに言えるのです！　あなたがわたしに無関心であるとか、侮蔑を感じているのならまだしも、そのようななおざりの同情ほど残酷なものはない。失礼ながら、表現者の風上にも置けません！　呼吸をし、服を着ている人間よりも、わたしたちのほうがはるかに生き生きとして、生命力にあふれた人物であることを、あなたは誰よりもよくご存じのはずだ。たしかに、リアル感では劣るかもしれないが、より真実なのです！　いいですか、人はこの世にさまざまな形で生を受ける。自然が、その創造という作業をおこなうための道具として人間の想像力を利用することも、あなたはよくご存じのはずです。こうした人間の心に内在する創造活動によって生まれた者は、女性の胎内から、いつか死ぬ運命を背負って生まれてくる者に比べ、はるかに長い命のあることを、自然から命ぜられているのです。登場人物として生まれる者は、生きた登場人物として生まれるという幸運を手にした者は、死さえも恐れる必要はない。けっして死ぬことはないのですから！　人間であり、創造における自然の道具である作家が死んでも、被造物は死なないのです。しかも、永遠を生きるために並外れた才能が求められることもなければ、奇跡を起こす必要もない。サンチョ・パンサは何者ですか？　アッボンディオ司祭〔マンゾーニの『いいなづけ』に登場する〕がどれほどの人物だというのです？　それでも、彼らは永遠に生きつづける。〝生きた芽〟なのです。なぜなら、彼らは肥沃な苗床……すなわち永遠に彼らを育《はぐく》み、養分を与え続ける空想力とめぐりあうという幸運を、手にしたからなのです」

「まあまあ、フィレーノ博士。たしかに、あなたの言い分はどれももっともだが……」とわたしは口を挿んだ。「それでも、わたしにどうしろと言いたいのか、理解できない」

「そうですか。おわかりにならない……」フィレーノ博士は言った。「つまり、わたしが道を誤ったというのですね？　ここは月世界かなにかなのですか？　失礼ながら、あなたはそれでも作家といえるのですか？　わたしがどれほど恐ろしい悲劇と向き合っているか、真面目に理解できないとおっしゃるのですね？　今日のような世の中……すなわち、じっさいの人生にはあまりに多くの低俗な困難がつきまとい、個々の存在を脅かし、歪曲し、貧相なものにしてしまう今日において、登場人物として生まれ、生を受けるという、すばらしい特権を手にしながら……、生きた登場人物として生まれ、それゆえ、曲がりなりにも不死を命じられるという特権を手にしながら、信じられますか？　あのような作家の手に委ねられ、不当にも滅びることを運命づけられている。しかも、息をすることも、身動きすることもできない技巧だらけの世界で、窒息してゆく運命にあるのです。すべてが見かけ倒しの偽りであり、組み合わされ、飾り立てられたものにすぎないのです。まさに言葉と紙！　紙と言葉！　人間であれば、適応しようにもできない生活環境に取り囲まれてしまったら、そこから飛びだし、逃げることもできるでしょう。ですが、しがない登場人物には、それすらできないのです。終わることのない苦悩のなか、そこに釘で打ちつけられ、固定されているのです！　空気をください！　空気を！　わたしは生きたいのです！　考えてもみてください。フィレーノ……このわたしに、フィレーノという名を付けるなんて……。わたしが〝フィレーノ〟と名乗れるなどと真剣に思いますか？　愚か者め！　あの愚か者は、わたしに満足な名前さえ付けられなかったのですよ！　このわたしがフィレーノだなんて！　こともあろうに、このわたしが……、ほかでもない『距離を置くという哲学』の著者であるこのわたしが、あのように縺れあった出来事を解くために、あんな惨《みじ》めな形で駆りだされるなんて！　公証人のネグローニではなく、このわたしがなぜ、あのガチョウのように愚鈍なグラッツィエッラを、後妻に迎えなければならないのです？　冗談もほどほどにしてもらいたい！　いいですか、これは犯罪です。本来ならば、血の涙を流して償うべき犯罪なのです！　それなのに、どうなると思いますか？　何も起こらない。ひたすら沈黙です。せいぜい、二、三の地方紙で酷評されるのが落ちでしょう。なかには、声をあげてくれる批評家もいるかもしれない。『あのフィレーノ博士という人物は、かわいそうに、じつに惜しいことをした！　彼こそすばらしい登場人物だったのに！』すべてそれでおしまい、です。わたしが……『距離を置くという哲学』の著者であるこのわたしが、死ぬ運命だなんて！　しかもあの愚かな作家は、この研究成果をわたしに自費出版さえさせてくれなかったんだ！　というのも、かりにあれが出版されていたら、賭けてもいいですが、わたしはあの愚鈍なグラッツィエッラを、後妻に迎えることはできなかったからなのです！　ああ、考えたくもない！　さあ、作品を書いてください。作品を。いいですか、いますぐ、わたしを解き放つのです。わたしの内に秘める生をすべて見抜いてくれたあなたなら、わたしを生かすことができるんだ！」

えんえんと続いた不満の吐露の結論であるかのように、怒りとともに口にされたその提案を受け、わたしはしばらくのあいだ、フィレーノ博士の顔をじっと見つめていた。

「遠慮でもなさっているのですか？」彼はとまどったように尋ねる。「遠慮なさっているのですか？　いいですか、これはじつに正当な行為なのです！　わたしを救いだし、あの愚かな作家が与えてくれなかった生をわたしに授けることは、きわめて神聖なあなたの権利なのです。あなたの権利であると同時に、わたしの権利でもある。わかっていただけますか？」

「フィレーノ博士、たしかにあなたの権利ではあるかもしれないし、あなたの言うとおり正当な行為かもしれない。それでも、わたしはそんなことはしない。何度頼んでも無駄だ。わたしはしない。ほかの作家を訪ねてはどうかね？」

「誰に頼めばいいというのですか。あなたが……」

「わたしの知ったことではない！　あたってみるしかないだろう。さほど苦労せずとも、あなたの主張する権利の正当性に、心底納得してくれる作家が見つかるかもしれない。フィレーノ博士、その前にひとつ訊きたいのだが、『距離を置くという哲学』を著したのは、本当にあなたなのかね？」

「当然です」フィレーノ博士は、一歩後ろにさがり、胸に手を当ててむっとした。「なにか疑わしいことがあるとでも言うのですか？　そうでしょうとも！　なにもかも、わたしを殺したあの作家のせいだ！　彼は、わたしの理論のうちのごく一部の概念を簡略化して、ざっと紹介しただけなのだから！　あの、望遠鏡を逆さにするというわたしの発見にこめられた、偉大な可能性にすら思い至らないのだから！」

わたしは両手をひろげて彼の話を遮り、笑みを浮かべてこう言った。

「よくわかった。ところで、あなたはどうなんだね？」

「わたしが？　わたしがなんだというのです？」

「フィレーノ博士、あなたはしきりと作家の文句を言っているが、ご自分の理論の可能性を利用したのかね？　わたしが言いたいのは、つまり……いいかい？　あなたがわたしと同様に、あの哲学の効力を心底信じているのならば、自分のケースに当てはめてみたらどうだろう。あなたは、今日、自分に不死の生を授けてくれる作家を探している。だが、わたしたち現代の非才な作家のことを、批評界のお偉方が、揃ってなんと言っているかご存じかね？　わたしたちはここにいながら、存在していないのだよ、フィレーノ博士！　そこでだ。あなたのその逆さまにした望遠鏡の先に、わたしたち作家とともに、もっとも顕著な出来事や、もっとも熱い問題、あるいは同時代のもっとも賞讃に値する作品を並べて、覗いてみたまえ。いいかね、フィレーノ博士。残念ながら、おそらくそこには誰ひとり、なにひとつ見えないだろう。だから、さあ、そんなに気を落とさずに。いっそのこと、あきらめたらどうだね？　わたしはここで、待ちくたびれている哀れな登場人物たちの相手をしなければならないのだ。彼らは、たしかに意地が悪く気難しいが、少なくともあなたのような並外れた野心は持っていないのでね」

（一九一一年）

13
笑う男

Tu ridi

憤った妻に腕を思いっきり引っぱられ、身体を揺さぶられた気の毒なアンセルモ氏は、その晩もいきなり眠りからひきずり起こされた。

「あなた、笑ってる！」

頭は朦朧とし、まだ眠気が満ちたままの鼻は、とつぜん起こされて息遣いが荒くなったせいで、すーすーと音を立てている。アンセルモ氏はごくりと唾《つば》を呑み、毛深い胸を掻きむしった。それから眉をひそめて言った。

「なんてこった、また……今晩もか？」

「毎晩よ！　毎晩！」癇癪のために顔を紫色にして、妻がわめく。

アンセルモ氏は、片肘をついて上半身を起こし、もういっぽうの手で胸をぽりぽりと掻きつづけながら、むっとして訊きかえした。

「本当に間違いないのか？　胃がもたれてるせいで、口から何か音が洩れて、それがお前には笑っているように聞こえるだけじゃないのか？」

「いいえ、笑ってる、笑ってる、笑ってるんです」妻はごていねいに三度も言いはった。「どんな笑いか聞かせてあげましょうか。こうよ」

そして、太い声でのどを鳴らすような、夫が毎晩しているという笑いを真似てみせるのだ。

自尊心を傷つけられ、憮然《ぶぜん》としながらも、半ば信じられないといった口調で、アンセルモ氏はまた尋ねた。

「ほんとうにそうなのか？」

「そう、こうよ。こんなふうよ！」

ありったけの力で笑い声をまねた妻は、精根つきはて、呻きながら頭を枕にうずめ、両腕を布団の上に投げだした。

「ああ、頭が……」

寝室の整理簞笥の上では、ロレートの聖母像の前に置かれたナイトランプが、しばらく点いたり消えたりを繰り返したかと思うと、とうとう完全に消えてしまった。ランプが点滅するたびに、まるで部屋じゅうの家具が揺れ動いているように見えた。

同様に、打ちのめされたアンセルモ氏の心の奥では、腹立ちと屈辱、怒りと悲憤が揺れ動くのだった。自分は毎夜、眠っているあいだに、あんな尋常ではない笑い声をあげている。そしてその笑い声が、眠っている最中の夫はさぞ心地よい快楽に身をまかせているのではあるまいかという疑念を、妻に抱かせる。しかも妻はそのあいだ、間断なく押し寄せる頭痛や神経性の呼吸困難、動悸《どうき》……要するに五十がらみの感情的な女にありがちな、想像しうるかぎりの不調をすべて抱え、怒りのために眠ることもできず、こうして隣で横たわっているわけだ。

「ロウソクを灯そうか？」

「ええ、そうして。点けてちょうだい！　それから、すぐに水薬を持ってきて。水を少しに薬を二十滴ね」

アンセルモ氏はロウソクに火を点けると、可能なかぎりすばやくベッドから降りた。そして、ナイトシャツに素足というかっこうのまま、整理箪笥から精神安定剤の水薬の入った小瓶とスポイトを取ろうとして、箪笥の前を通りすぎた。そのとき、鏡に映る自分の姿が見えたものだから、無意識のうちに片手をあげ、禿げを隠しているつもりでいる頭頂部分の長い髪を整えようとした。ベッドで待っていた妻が、目ざとくそれに気づいた。

「髪を整えるなんて！」妻の顔に侮蔑の笑いが浮かぶ。「あたしが死にかけてるっていうのに、真夜中、シャツ一枚で髪の毛を整えるなんて、どういう神経をしてるの！」

アンセルモ氏は、思いもかけない場所でマムシに咬まれたというように振り向いた。そして人差し指を妻に向けると、どなりつけた。

「お前が死にかけてるだって？」

「ああ……」妻はここぞとばかりに嘆きだす。「神様が、いまこの瞬間、あたしが味わっている苦しみの全部とは言わないまでも、少しでいいから、あなたにも味わわせたらいいのに！」

「おい、何を言うんだ、お前」アンセルモ氏は言い返した。「もしもぐあいがほんとうに悪いのなら、ひとの無意識の仕草にまでいちいちケチつけてなんていられないはずだぞ。わたしはただ、手を持ちあげただけなんだ。手を……。くそっ！　これで何滴目だったっけ？」

アンセルモ氏は逆上し、コップの水を床にぶちまけた。精神安定剤の水薬が、二十滴どころか、何滴入ったかわからなくなってしまったからだ。けっきょく、素足にシャツ一枚のまま、台所に戻って水を汲《く》みなおさなければならなかった。

――わたしが笑うだって！　信じられるか？　このわたしが笑うんだそうだ――ロウソクを手に、爪先立ちで長い廊下を歩きながら、彼は独りごちた。

すると、廊下に面して開いていたドアの向こうから、影のような声が聞こえてきた。

「祖父《じい》ちゃん……」

それは、五人いる孫のうちの一人の声だった。いちばん年上のスザンナで、アンセルモ氏が「スージ」と呼んで、とりわけかわいがっている孫。

二年前に息子を亡くした彼は、女の子ばかり五人の孫を、嫁もまとめて自宅に引きとった。この嫁が性分《たち》の悪い女で、アンセルモ氏の哀れな息子を十八歳のときに搦《から》めおとしたのだったが、さいわいにも数か月前、亡き夫の親友だった男と駆け落ちをして出ていった。こうして、五人の遺児たち（いちばん上のスージでさえまだ八つ）は、アンセルモ氏の手に委ねられた。文字通り彼一人の手に。というのも、祖母はそんなぐあいであらゆる不調にさいなまれていたため、いないも同然だった。自分自身の面倒すら、みる気がなかったのだから。

そのくせ、アンセルモ氏が無意識に手を持ちあげ、頭頂部に残っている二十五本の髪の毛を揃えようとしたとたん、咎める。なんと、それだけ多くの不調を抱えているというのに、彼女には、いまだにすさまじい嫉妬にかられる気力が残っていた。五十六といえばもういい齢だし、もはや鬚は白くなり、頭も禿げてしまった夫が、お優しい運命が惜しげもなく分け与えてくれたいくつもの快楽に囲まれ、わずかばかりの給料でどのように養ったらいいのかもわからない五人の孫と、息子に先立たれた不幸のためにいまだに傷の癒《い》えない心を抱えながら、そのうえなお美しい女性たちと、愛を交わそうと目論《もくろ》んでいると思い込んでいるのだ！　だからこそ、あの人は笑っているのでは？　そうよ、そうに決まっている！　毎晩、夢のなかで、いったい何人の女にキスをされているのかしら！

妻が夫を叩き起こすときの猛烈な力にしろ、「あなた、笑ってる！」とどなるときの顔が紫色になるほどの憤りにしろ、嫉妬のほかには説明がつくまい。

それは……なんということはない。喩《たと》えるならば……小さくて滑稽な地獄石〔硝酸銀のこと〕の欠片《かけら》であり、くだんのお優しい運命が、わざわざ妻の手に握らせてくれたものだった。彼の切り傷に……いくつもある切り傷のすべてに塩を塗り、ありがたいことに、その存在を誇示させて楽しむために。

スージに呼ばれたアンセルモ氏は、灯りでほかの孫たちが目を覚ましてしまわないよう、入り口の床にロウソクを置くと、子ども部屋へ入っていった。目に入れても痛くないほど彼女をかわいがっていた祖父にとっての、より大きな慰めだといわんばかりに、スージは発育が不全だった。かたほうの肩がいっぽうの肩よりも高く、歪んでいる。しかも彼女の首は日ごとに、まるで花が大輪すぎて支えられない茎のように曲がっていく。ああ、あのスージの小さな頭……。アンセルモ氏は、スージがか細い腕で彼の首に抱きつけるように、ベッドのうえに屈みこんだ。

「あのな、スージ、祖父ちゃん、笑ってたんだって！」

スージは驚き、小さな心を痛めて祖父の顔を見つめた。

「今夜も？」

「ああ、今夜もだ。ずいぶんと大きな声で笑ったらしい……。さあ、スージや、もう行くよ。祖母《ばあ》ちゃんに水を汲んでやらないと……。しっかり眠るんだぞ。おまえも夢のなかで笑えるようにな。いいね？　おやすみ」

アンセルモ氏はスージの髪にキスをすると、毛布がずり落ちないようにマットレスのあいだに挿みこんでから、水を汲みに台所へ向かった。

運命が精いっぱいの力を貸してくれたおかげで、いまやアンセルモ氏は、己の精神を哲学的な考察にまで高めることができるようになり（これまた彼にとっての慰めといえるだろう）、彼の心に深く根づく善意への信頼を少しも損なわないままに、あの世ですべてに報い、埋め合わせをしてくれるという神に救いを求めることで、心の平穏を見出すというようなことはしなくなっていた。神が信じられないうえは、当然のなりゆきとして、そう信じられたらどんなに楽だろうとは知りながらも、いたずら好きの悪魔が自分の身体にとり憑いて、夜ごとに声を立てて笑い、嫉妬深い妻の胸のうちに悲しい疑念を湧きあがらせて愉快がっているのだと、信じることもできなかった。

アンセルモ氏には、そんな大笑いをするような夢なんていちども見ていないという自信があった。百パーセント確かである。夢なんてひとつも見ていないのだから！　夢はぜんぜん見ないのだ！　毎晩、決まった時間に、黒くて硬い底なしの鉛のような眠りに落ち、目を覚ますには、とてつもない労力と困難を要する。瞼が、さながら二つの墓石のように眼球の上に重くのしかかる。

悪魔でもないし、夢でもないとなると、そんな笑い声をあげる原因としては、なんらかの新種の病気以外に考えられなかった。おそらく内臓の痙攣によって振動が引き起こされ、笑い声のような音を立てているのだろう。

翌日、アンセルモ氏は、一日おきに妻の往診にやってくる、神経症を専門とする若い医師に相談してみることにした。

この若い専門医は、医学の知識だけでなく、これまでに失った金髪の代金まで患者に請求しているかのようだった。研究熱心なあまり、若くして髪が抜け落ち、視力までも、同様の理由から若いうちに衰えてしまっていた。

そのうえ、神経症にかんする特殊な知識のみならず、もうひとつ特殊な資質を持ち、それを患者たちに無料で提供していた。じつは、眼鏡のレンズの奥にある彼の瞳は、左右が異なる色だった。ひとつが黄色で、もうひとつは緑。医師は黄色いほうの目を閉じ、緑のほうの目で目配せすると、なんでも説明してくれた。そう、彼は感嘆するほど明瞭にすべてを説明してくれ、たとえ待ち受けているのが死であったとしても、それを聞いている患者たちに申し分のない満足感を与えてくれる。

「先生、教えてください。人は夢を見なくても、寝ているあいだに笑うことがあるのでしょうか？　それもばかでかい、大笑いを……」

若い医師は、睡眠と夢についての、最新かつもっとも権威ある学説を披露しはじめた。医者という職業をじつに立派なものに見せる、ギリシャ語の専門用語を話のあちこちにちりばめながら、三十分あまり話したあげく、最後には、いいえ、そのようなことはありませんと結論づけた。夢を見ないかぎり、眠っている最中にそんなふうに笑うことはないと言うのだ。

「ですが、先生。誓って言いますが、夢はまったく見ていないのです。ふだんからわたしは夢を見ませんし、夢を見たこともない！」妻が、若い医師の結論を冷ややかな笑いとともに聞いたのを見逃さなかったアンセルモ氏は、憤慨し、大声で反論した。

「いや、そんなことはありません。いいですか！　あなたがそう思っているだけなのです」医師は、ふたたび黄色いほうの目を閉じ、緑のほうの目で目配せをすると、説明を続けた。「あなたがそう思っているだけで……夢は見ているのです。間違いありません。ただし、あなたの眠りが深いので、夢の記憶が残らない。先ほどもご説明したとおり、通常わたしたち人間は、睡眠といういわば幕のようなものが、ある程度薄くなるときに見る夢だけを、記憶するものなのです」

「つまりわたしは、夢で見たことのために笑っているのですか？」

「間違いありません。幸せな夢を見て笑っているのです」

「なんという非業！」アンセルモ氏は、思わずつぶやいた。「少なくとも夢のなかでは幸せなのに、先生、それを知ることもできないなんて！　誓って言いますが、わたしは本当になにも知らないのです！　妻がわたしを揺り起こし、『あなた、笑ってる！』とどなりつけるのですが、わたしはぼうっとして、彼女の口を見つめるだけです。わたしは、自分が笑ったことも知らなければ、なんで笑っていたのかもわからないのですから」

だが、待てよ。そうか、そういうことか。ようやくわかったぞ！　そうだ、そうに決まってる。ありがたいことに本能が、ほら、夢のなかでこっそり彼に手を差し伸べてくれていたんだ。彼が、その悲惨な人生の舞台で目を閉じると、本能が心の錘《おもり》を全部とりのぞいてくれ、まるで羽毛のように軽い足取りで、このうえもなく楽しい夢にあふれる爽やかな通りへと、彼をいざなってくれるのだ。たしかに、どれほど楽しくすばらしい夢なのかという記憶を残してくれないのはむごい話だが、いずれにしても、すべての埋め合わせをしてくれ、翌日ふたたび、苦悩にも過酷な運命にも向き合えるように、彼の気づかないところで心を癒してくれているにちがいない。

こうしてアンセルモ氏は、職場から帰ってくると、祖母が何度も繰り返して聞かせたため、彼が夜中に立てる笑い声を完璧に真似ることのできるようになったスージを膝の上にのせ、老女のように艶のない彼女の頬を撫でながら、言うのだった。

「スージ、祖父ちゃんはどんなふうにして笑うんだい？　さあ、いい子だ。聞かせておくれ。祖父ちゃんの見事な笑いを」

するとスージは、頭を思いっきり後ろに反らせ、くる病のせいでひ弱な首を露わにしながら、太く、腹の底から湧きだすような全開の笑い声を陽気に立てた。

アンセルモ氏は、スージのその病弱な首を目にしたために、涙をこぼしそうになりながらも、心から満足してその笑い声を聞き、響きにひたる。そして頭《かぶり》を振り、窓の外を眺めながらため息をつく。

「ああ、スージ、祖父ちゃんはどんなにか幸せなんだろうね！　そんなふうに笑っているとき、祖父ちゃんは夢のなかで、どれほどの幸せを味わっているのだろうね」

ところが無惨にも、アンセルモ氏はこうした幻想さえ奪われることになった。

あるとき、夜ごとに彼を大笑いさせてくれる夢のひとつを、アンセルモ氏はたまたま憶えていたのだった。

それはこんな夢。幅の広い階段が見える。そこを、古くからの同僚で足の不自由なトレッラという男が、杖にもたれながら、やっとの思いでのぼっていく。トレッラの後ろから、事務所の所長である騎士勲章《カヴァリエーレ》受勲者のリドッティが速足で追いつき、むごいことに、自分の杖でトレッラの杖にちょっかいを出している。両脚が曲がっているトレッラは、全体重を杖で支えながらでないと、階段をのぼることはできない。とうとう我慢の限界に達した哀れなトレッラは、前かがみになって両手で階段の段差にしがみつき、まるでラバのように両脚でカヴァリエーレ・リドッティを蹴りだした。するとリドッティは嘲り笑いを浮かべ、器用に蹴りをかわしながら、情け容赦ない杖の先端で、哀れなトレッラがさらしている尻の、それもど真ん中を突こうとし、しまいには命中させるに至った。

その光景を目に、アンセルモ氏はふいに目覚め、唇に笑いが貼りついたまま、全身から魂も気力も抜け落ちていくのを感じた。ああ、なんということ。自分はそれで笑っていたのか？　これほど低俗なことのために？

ほとほと嫌気がさし、顔をひきつらせて口を歪めたまま、アンセルモ氏は唖然として前を見つめていた。

こんなことで笑っていた！　いままで夢のなかで味わっていると信じてきた幸せとは、たかがこんなことだったのか！　ああ、なんという……なんということ……。

それでも、もう何年も前から心の内にあった哲学的な精神が、このときも彼に救いの手を差し伸べてくれ、気にするな、バカげたことで笑うのは、ごく自然なことだと思わせてくれた。どんなことで笑えというのだ？　彼のような境遇の者が笑うには、バカになりきるよりほかあるまい。

そうでもないかぎり、笑うことなんてできやしないだろう？

（一九一二年）

14

フローラ夫人とその娘婿のポンツァ氏

La signora Frola e il signor Ponza, suo genero

いやはや、まったく想像できますか。フローラ夫人か、あるいは夫人の娘婿《むすめむこ》にあたるポンツァ氏、二人のうちどちらの気が狂っているかわからず、このままでは本当にみんな頭がおかしくなりそうなのです。こんなことが起こるのは、風変わりな余所《よそ》者《もの》を惹きつける不幸な町、ヴァルダーナだけに決まっています。

彼女か、さもなければ彼か。どっちつかずということはあり得ません。二人のうちのどちらかは狂っているに決まっています。問題は、まさにそこなのです……。いや、最初から順を追って説明したほうがいいでしょう。

誓って申しますが、小生は三か月前からずっと苦悩のなかでの生活を余儀なくされているヴァルダーナの住民に対し、深く心を痛めておりまして、フローラ夫人とその娘婿ポンツァ氏のことなど、正直どうでもいいのです。たしかに、彼らの身にふりかかった不幸は形容しがたいものですが、少なくとも二人のうちのいっぽうは、さいわいにも錯乱してしまいましたし、もう片方も、それに手を貸したことはまぎれもない事実。あまりにうまいこと手を貸した結果、先ほども申しましたとおり、二人のうちどちらが本当におかしいのか、見分けがつかなくなってしまいました。

これにまさる慰めがあるでしょうか。だからといって、町じゅうの人にこのような悪夢のなかでの生活を強いるなんて、ひどすぎるとは思いませんか。幻影と現実が見分けられないよう、判断の手がかりがいっさい与えられていないのですから。なんという苦悩。たえまない恐怖。誰もが、二人のうちのいずれかは狂っているのだと知りながら、毎日のように二人を見かけ、面と向きあわなければならないのです。二人の様子を観察し、眺めまわし、ひそかに探るのですが、何もわかりません！　二人のうちどちらがおかしくて、どこからが幻影で、どこまでが現実なのか解き明かすことができない。こうなると、住民一人ひとりの心の内に、抗《あらが》いようのない疑念が頭をもたげたとしても当然でしょう。ならば、現実だって幻影ほどの価値しか持たないのではあるまいか、現実の出来事がすべて幻影だという可能性も大いにあるのではないか（あるいはその逆）。ひどすぎるとは思いませんか。もし小生が県知事だったら、ヴァルダーナの住民の精神衛生のために、間違いなく、フローラ夫人とその娘婿のポンツァ氏に退去命令を下すことでしょう。

とにかく、順を追って話すことにいたします。

県の秘書官であるポンツァ氏がヴァルダーナにやってきたのは、三か月前のことでした。彼は、《蜂の巣》《イル・ファーヴォ》と呼ばれている、町の入り口付近にある新しい共同住宅に入居しました。ほら、あそこに見えますでしょう。あの建物の最上階の一室です。高くてわびしい窓が三つ、田園地帯に面しています（向こう側が正面で、北風にさらされ、青白く縮こまった畑が連なり、新築にもかかわらずどこか物悲しげな雰囲気が漂っております）。こちら側には、内側の中庭に面した窓が三つあり、区画ごとに格子で仕切られたベランダがぐるりとめぐらされています。あの、ずいぶん高い場所にある手すりには、なにか入り用があればすぐに降ろせるように、ロープに結ばれた籠があちこちに吊るされています。

ですが、町の人たちを驚かせたのは、ポンツァ氏がその共同住宅と同時に、町の中心部、正確には聖人通り《ヴィア・デイ・サンティ》十五番地に、三部屋とキッチンのある家具付きアパートメントを、別に一室借りたことです。姑にあたるフローラ夫人がそこに住むということでした。じっさい、それから五、六日が過ぎたころ、フローラ夫人が到着いたしました。ポンツァ氏は一人で駅へ迎えにいき、アパートメントまで案内すると、夫人を一人そこに置いて帰ってしまったのです。

まあ、娘が結婚し、実家を出て夫と二人で生活するというのは、ごく当たり前のことですし、それが別の町であったとしても不思議はありません。ですが、その後、娘と遠く離れて暮らすことに耐えきれなくなった母親が、長年住み慣れた町や家を出て娘のあとを追い、娘だけでなく母親も余所者であるその町で、娘夫婦とは別の家を借りて暮らすとなると、理解しかねるものがあります。こうした状況でもなお同居が不可能なのは、姑と婿があまりに不仲なためだろうとしか思えません。

いうまでもなく、当初ヴァルダーナの人たちは、誰もがそのように考えておりました。むろん、そのせいで住民たちの評価が下がったのはポンツァ氏です。フローラ夫人の側にも、思いやりが足りないとか、強情だとか、偏屈だとか、責められるべき点があるにちがいないという人もなかにはおりましたが、傍で暮らすことができなくなってもなお娘に対して抱き続ける母親の愛情を、否定する者はおりませんでした。

住民たちが、フローラ夫人に対しては同情心を抱き、ポンツァ氏に対しては、厳格などというレベルのものではなく、冷酷なのではあるまいかという評価を頭に刻み込むに至るには、この二人の容姿も大きく関与したと言わねばなりません。ポンツァ氏は小太りで首も短く、肌の色はアフリカ人のように黒く、剛《こわ》い髪を額までびっしりと生《は》やし、しかめるとつながってしまうほど濃い眉に、巡査ばりの艶のある長い口髭をたくわえております。瞳の色は白目がないように見えるほど濃く、いつも一点を見つめているその視線には、暴力的で怒りのこもった厳しさが漂い、陰鬱な苦悩か、さもなければ悪意が秘められているようにさえ見えるのです。ですから、他人の目からすると、ポンツァ氏は好感や信頼感を引き出すようなタイプではありませんでした。いっぽうのフローラ夫人は、華奢で色白の老婦人で、線は細く、至って上品。物寂しげな雰囲気を湛えているものの、けっして鬱々としてはおらず、優雅で礼儀正しく、誰に対しても柔らかな物腰で接するのです。

自然ににじみ出るようなその柔らかな物腰を、フローラ夫人がすぐに町で実践したおかげで、たちまち人々のあいだでは、ポンツァ氏に対する反感が膨らんでいきました。そのため誰の目にも、夫人は穏やかで従順で、寛容な気質であるだけでなく、彼女につらくあたる娘婿に対してさえ、寛大な心を保ち、理解を示していることは明々白々のように映りました。それはまた、ポンツァ氏が哀れな母親を別の家に追いやるだけでは気がすまず、自分たち夫婦の住む家に娘を訪ねてくることさえ禁じるほど、冷酷きわまりない仕打ちをフローラ夫人に対してしていると、人々が聞き知るようになったからでもありました。

ところが、冷酷だなんてとんでもない、そんなことはないと、フローラ夫人はヴァルダーナのご婦人方のもとを訪れるたびに、相手の言葉をさえぎるように両手を前に出し、即座に否定するのです。娘婿がそんなふうに思われることに対し、真剣に心を痛めているようなのです。そして、あわてて婿の取り柄をすべて並べたて、考えられるかぎりの言葉で褒めそやします。いわく娘をどれほど深く愛し、大切にし、気を遣ってくれるか、それだけでなく、姑である自分に対しても、そう彼女に対しても、優しく、無心に接してくれて……ああ、冷酷だなんてとんでもない！　ただ、ひとつだけ問題があって、ポンツァ氏はかわいい妻を完全に独り占めしたいだけなのだと言うのです。

その想いが高じ、妻が抱いている母親への愛情も（その愛情まで否定できましょうか）、妻が直接表現するのではなく、夫である彼を介して、そう、彼を通じて示すことを要求する。他人の目には冷酷な態度に映るかもしれませんが、そうではありません。まったく別のもので、フローラ夫人はどのようなものかよくわかっているらしいのですが、口惜しいことに、うまく言葉にする術《すべ》を持たないと言うのです。おそらく性分……いいえ、そうじゃなくて、病のようなもの……なんと言ったらいいのかしら。困ったわ。あの人の目を見ればわかるはずなのよ。ぱっと見たところ、あまりいい印象を受けないかもしれないけれど、あたくしのように人の目を読むことのできる者には、すべてを語ってくれる目なんです。あの目は、外部を遮断した、あふれる愛情を物語っているわ。あの人の内にある、愛の世界をね。妻である娘は、そこから一歩も出ることなく生活しなければならないし、他人は誰ひとり、たとえ母親だろうと、そのなかに足を踏み入れることはできないの……。皆さんはこれをジェラシーと呼びますか？　そうかもしれません。この排他的な愛の完全性を世俗的に定義するとしたら、きっとそうなるでしょう。

エゴイズムですって？　そうだとしたら、あたかもそれが唯一の世界であるかのように、自らの愛する女性にすべてをささげるエゴイズムということになるでしょう。突きつめるならば、この閉じられた愛の世界をこじあけ、無理やり自分もそこへ入り込みたいというフローラ夫人の想いこそ、エゴイズムといえるのではないでしょうか。

娘がそこで心から愛され、幸せに暮らしていることを承知のはずなのに……。母親ならば、それでじゅうぶんではありませんか！　しかも、フローラ夫人は、娘にまったく会えないわけではありません。日に二、三度、娘の姿を見ているのです。娘夫婦の住む共同住宅の中庭に入り、呼び鈴を押すと、すぐに最上階から娘が顔をのぞかせます。

「ティルディーナ、元気でやってる？」

「ええ、とても元気よ、お母さん。そちらは？」

「お陰さまでなんとかやってるよ。ティルディーナ、さあ、籠を降ろしてちょうだい」

籠のなかには決まって、その日の出来事が記された短い手紙が入っています。彼女にとっては、それでじゅうぶんなのです。このような生活がすでに四年も前から続き、フローラ夫人はすっかりその生活に馴染んでいました。諦観しているといってもいいかもしれません。そして、もはや苦痛とも思わなくなっていたのです。

容易にご想像いただけるとおり、フローラ夫人の見せるこうした諦観や、つらいことにもう慣れてしまったという彼女の言葉は、夫人が長々とした弁明で懸命に婿を擁護すればするほど、ポンツァ氏の立場を不利にするのでした。

そのため、はじめにフローラ夫人の訪問を受けたヴァルダーナのご婦人方は、その翌日になって、思ってもみないことにポンツァ氏が玄関先にいると聞いて、心の底から憤りがこみあげてくると同時に、恐怖すら感じるのでした。ポンツァ氏は、「打ち明けなければならない事情」があるので、もしもご迷惑でなければ、ほんの二分でいいから話を聴いてほしいと言ってきます。

彼は、充血しているように見えるほど顔をほてらせ、ふだんに輪をかけて鋭く陰鬱な目つきをし、手にハンカチを握りしめているのですが、そのハンカチの白さは、ワイシャツの襟と袖口の白さとともに、肌や髪の毛や髭、それに背広の黒っぽいトーンのなかで、異様に浮いて見えました。狭い額や、ごわついた紫色の頬から滴《したた》り落ちる汗を繰り返しぬぐうのですが、暑さのせいで汗をかいているのではなく、暴力的なまでの自制心で自らの感情を必死に抑え込んでいるための汗であることは明らかで、そのせいで、爪の伸びたごつい手までもがぶるぶると震えているのでした。

あちらのお宅やこちらのお宅の応接間を訪れ、恐怖におびえるように彼を見つめるご婦人方を前に、ポンツァ氏はまず、姑のフローラ夫人が前日に訪ねてはこなかったかと訊くのです。それから、みるみるうちに高まる苦悩と緊張と動揺のなか、夫人が妻のことを話してはいなかったか、まさか自分が夫人に妻と会うことを禁じ、絶対に家に入れようとしないのだと言ってはいなかったかと尋ねるのです。

ポンツァ氏があまりに興奮した様子なので、ご婦人方はご想像のとおり、大慌てで、たしかにフローラ夫人は娘に会うことを禁じられていると話していたが、ポンツァ氏には心からの親愛の情を抱いていて、彼を許しているだけでなく、そのように禁じられていることに対しても、彼を責める気はかけらもないと言っていたと応えるのでした。

ところが、そうしたご婦人方の反応を前に、ポンツァ氏は安堵するどころかますます動揺し、さらに鋭く陰鬱な目つきで一点を凝視し、それでなくとも大きな汗の粒をもっとふくらませ、最後には、いっそう暴力的な自制心で自分の感情を抑え込みながら、その「打ち明けなければならない事情」を語りだします。

端的に言うとそれは、外見からではわからないものの、かわいそうなことにフローラ夫人は頭がおかしいというものでした。

四年前から気が狂っていると言うのです。ポンツァ氏が娘に会わせてくれないと信じていることとじたいが、彼女の狂気のなせるわざなのだ。娘なんてどこにいるというのでしょう。フローラ夫人の娘は、死んだのです。四年前に。フローラ夫人は、その死を嘆き悲しむあまり、おかしくなってしまった。そう、さいわいにも。その狂気こそが、夫人を絶望的な悲しみの淵から救い出してくれました。さもなければ、救われることはなかったでしょう。要するに、娘が死んだのは事実ではなく、婿であるポンツァ氏が会わせてくれないだけなのだと信じることでのみ、彼女は救われたのです。不幸な人間を前にしたときに当然示すべきいたわりから、ポンツァ氏は四年間ずっと、大きな犠牲を払いながらも、彼女の哀れな狂気に付き合っているのでした。自らの経済力をはるかに上回る経費で、二つの部屋を——一つは自分のため、一つはフローラ夫人のために——借りました。そして、後添いにも、フローラ夫人の狂気に付き合うよう求めたのです。幸いなことに、後添いは慈悲ぶかい女性で、嫌がることなく協力してくれていますが、慈悲や義務感にも限界というものがあるでしょう。地方の役人という立場からも、ポンツァ氏は、ジェラシーにしろ何にしろ、哀れな母親に娘と会うことを禁じるという酷い仕打ちをしているなど、ありもしない話を町の人々が信じるままにはしておけません。

それだけ説明すると、ポンツァ氏は困惑しているご婦人方を前に一礼し、帰っていきました。ところが、ご婦人方の困惑が少しも収まらないうちに、フローラ夫人がふたたびあらわれ、独特の柔和な雰囲気と、どことない哀愁を漂わせながら、もしも自分のせいで、娘婿のポンツァ氏がここにあらわれ、皆さんを戸惑わせるようなことを言ったのだとしたらごめんなさい、と謝るのです。

そのうえで、こんどはフローラ夫人が、徹底した飾り気のなさと自然な口調で、お願いだから内密にしてくださいねと言いながら、打ち明け話をするのでした。要するに、ほかでもなくポンツァ氏が地方の役人なもので、今まで話さないでいたのだけれど……だって、こんなことが知られたらあの人の経歴に傷がつきかねないですからね、と前置きしたうえで次のような話をするのでした。かわいそうにポンツァ氏は、たしかに県の秘書官としては最高の、まさに適材で、非の打ちどころもなく、あらゆる行動、あらゆる思想において完璧かつ正確で、いくつものすばらしい資質に恵まれているのだけれど……かわいそうに、ひとつだけどうしても理性が働かないことがあるの。つまり、気が狂っているのは、かわいそうにあの人のほうなのよ。

彼の狂気は、ほかでもなく妻が四年前に死んでしまったと信じ込み、おかしいのは、娘がいまだに生きていると思っているあたくしのほうだと周囲にふれまわっている点にあるんです。いいえ、あの人の病的なまでの嫉妬心や、娘に会うことを禁じるというあたくしへの冷酷な仕打ちに注がれる周囲の視線を欺くために、そう信じているふりをしているわけではないの。そうではなくて、かわいそうに、あの人は自分の妻が死んでしまい、いまいっしょに暮らしているのは後添いだと真剣に信じているんです。なんて哀れなのでしょう！

じつは結婚当初、あの度を越した愛情で、ポンツァ氏はかわいらしく繊細な若妻を憔悴させ、死に追いやりかねなかったので、娘をこっそり連れ出し、彼に内緒で療養所に入れてしまったの。そうしたら、あの哀れな人は、それでなくとも狂乱じみた愛情のせいでひどく頭が混乱していたので、とうとう狂ってしまったのよ。自分の妻は本当に死んでしまったものと思い込み、その考えが頭にとりつき、どうしても離れなくなって。一年ほどして、療養を終え、もとの快活さをとり戻して帰ってきた娘にふたたび引き合わせても、それは変わらなかったわ。帰ってきた娘を別の女性だと思い込んでいるので、仕方なく親戚や友人みんなの口裏を合わせ、あたかも再婚であるかのように二度目の結婚式を挙げたら、ようやく精神の均衡を完全にとりもどしてくれましてね……。

ところがフローラ夫人は、ここまで話すと、しばらく前からポンツァ氏が完全に正気を回復したらしく、いまいっしょに暮らしている女性が後添えだと信じているふり……飽くまでふりを演じているだけだと疑わせる証拠がいくつかあるのだと、主張しはじめるのでした。ふりを続ければポンツァ氏は、自分独りのものとして妻を占有し、誰とも会わせないでいられると画策している。それというのも、もしかすると妻がまた、こっそりどこかに連れ去られてしまうのではないかという測り知れない恐怖が、いまだに彼の頭をよぎるからなのだ、と。

たしかに、そうにちがいありません。そうではなく、もしポンツァ氏が、いまいっしょに住んでいるのは二番目の妻だと本気で信じているのなら、なぜこれほどフローラ夫人の世話を焼き、細かく気を配る必要があるのでしょうか。事実上、もはや自分の姑ではないフローラ夫人の面倒をみなければならないという義務を、そこまで強く感じる必要はないと思いませんか。重要なのは、フローラ夫人がそのように主張しているのは、錯乱しているのはポンツァ氏のほうだというさらなる証拠を示すためではなく、自らの疑念が正当なものだということを、自分自身に対して論証してみせるためだという点です。

「そのせいで、こうしているあいだも……」フローラ夫人は、唇の端に悲しげな笑みをかすかに浮かべて嘆息し、最後に言うのでした。「こうしているあいだにも、うちの娘《こ》はかわいそうに、自分ではなく別の女性のふりをしなければならないし、あたくしも、死んだ娘がまだ生きていると信じている気がふれた母親を演じなければならないの。お陰さまで、娘はあの家で病気をすることもなく元気に暮らしていますから、あたくしにとっては、そのようなふりをすることは苦ではないわ。さいわい娘の顔を見ることも、話をすることもできるけれど、娘と暮らすことはこの先もずっと叶わないし、縁起でもないことだけど、娘はすでに死んでしまい、いまいっしょに暮らしているのは、後添いであると信じている、あるいは信じているふりをしている婿の邪魔にならないように、顔を見たり話したりするにも傍まで行くことはできません。それでも、こうしていれば、娘夫婦が揃って穏やかに暮らせるのだから、たいした問題ではないんです。娘は婿に溺愛され、幸せですし、遠くから娘の顔を見ることも話すこともできる。娘夫婦のためを思えば、このような暮らしも、狂人扱いも甘んじて受けられるというものです。仕方ありませんわ、奥さん……」

こんなぐあいですから、ヴァルダーナの人たちがみな、まるで腑抜けのようにぽかんと口を開け、互いに顔を見合わせていたのも無理はないとは思いませんか。二人のうちの、どちらを信じろというのでしょう。気が狂っているのはどちらなのでしょうか。真実はどこにあり、どこからが幻影だというのでしょう。

ポンツァ氏の奥さんならば、その答えを知っているはずです。ですが、夫を前にすれば、自分は後添えであると言うに決まっていますから、信用するわけにはまいりません。同様に、フローラ夫人を前にすれば、自分は実の娘だと主張しつづけるでしょうから、これまた信用できません。彼女一人を別の場所に連れ出し、二人きりになったところで、真実を話してもらわなければならないのですが、それは不可能というものでしょう。ポンツァ氏は──乱心しているのが彼であろうとなかろうと──じっさいにものすごく嫉妬深い人間で、妻を誰にも会わせないのですから。あの共同住宅の最上階に、あたかも囚人のように妻を閉じ込め、鍵をかけているのです。

この点からすれば、フローラ夫人の主張が明らかに有利になりますが、ポンツァ氏のほうでは、そうせざるを得ないのだと、いやむしろフローラ夫人がいきなり家庭内に立ち入ることを恐れる妻の頼みで、仕方なくそうしているのだと主張します。もちろん、言い訳にすぎないかもしれません。もうひとつ、ポンツァ氏が家に一人の家政婦も置いていないのも、問題を厄介にしています。二部屋分の家賃を払わなければならないため、家政婦代を倹約しているのだと彼は説明し、日々の買い物を自らこなしています。また、彼の言い分によるとフローラ夫人の娘ではない二番目の妻もまた、かつて夫の姑であった哀れな老婦人に対する同情心から、家事いっさいを、どんな汚れ仕事であろうと家政婦の手助けひとつなくすべて一人でこなしているのでした。それは、誰から見ても少し重すぎる負担でしょう。ですが、このような状況も、同情だけでは説明がつかないにしても、夫の嫉妬心によるものだとすれば説明がつくのでした。

ともかく、ヴァルダーナの県知事は、こうしたポンツァ氏の釈明に納得したようです。しかし、フローラ夫人を信用する傾向がおしなべて強いヴァルダーナのご婦人方にとっては、当然ながら彼の見た目も、彼の行動の大部分も、ポンツァ氏の有利に働くものではありません。現にフローラ夫人は、娘が籠に入れてベランダから降ろしてくれる愛情のこもった手紙や、そのほかさまざまな個人的な文章を、さも大事そうにかかえて見せにくるのですから。ところが、そのそばからポンツァ氏が、どれも同情心からおこなった作為をそれらしく見せるために書いたものだと説明し、何も信じられなくしてしまうのです。

いずれにしてもたしかなのは、二人のどちらも、相手に対して感動的なまでの犠牲心を持っているということです。どちらも、それぞれが主張する相手の狂気に対し、言葉では言いつくせないほど見事な理解力を示しています。二人とも、驚嘆に値するほど明晰な論理の持ち主で、ヴァルダーナの町では、ポンツァ氏がフローラ夫人について、フローラ夫人がポンツァ氏について何も言いさえしなければ、二人のうちのどちらかの気が狂っているなどとは、想像だにしなかったことでしょう。

フローラ夫人は、役所で働いている娘婿のもとをたびたび訪れてはあれこれ助言を求めたり、あるいは仕事の終わる時間を待って、買い物に付きそってもらったりしています。いっぽうのポンツァ氏も、手の空いた時間やあるいは毎晩の仕事帰り、負けずおとらず頻繁に、フローラ夫人の家具付きアパートメントを訪れます。そして、途中で鉢合わせになるようなことがあると、そのたびに、このうえもない敬慕をあらわして、迷わず並んで歩きだすのです。彼はかならずフローラ夫人を右側にし、疲れた様子を見せるとすかさず腕を差しだし、そのままいっしょに歩いていきます。そんな二人の様子を、町の人々は不快そうに眉をひそめ、驚愕し、啞然としながら観察し、眺めまわし、ひそかに探るのですが、何もわかりません！　二人のうちのどちらがおかしくて、どこからが幻影で、どこまでが現実なのか、いまだにどうしても解き明かすことができないのです。

（一九一五年）

15

ある一日

Una giornata

なんの手違いか、わたしは眠りからひきはがされ、通りかかった駅で列車からいきなり放りだされた。真夜中のことで、手荷物ひとつ持っていない。

あまりの出来事にわたしは唖然とし、平静を保てない。身体のどこを見ても、力ずくで降ろされた痕跡がないのも不思議だった。それだけでなく、いっさいの情景も、なんらかの記憶に結びつくぼんやりとした影もない。

気がつくとわたしは、人っ子ひとりいない駅のプラットフォームの暗がりに、たった一人立っていた。わたしの身になにが起こったのか、ここがどこなのか知ろうにも、尋ねる相手はいない。

わたしが降ろされた列車のドアを閉めるために、小さなカンテラが走り寄ってきたのが見えただけだ。すぐに列車はふたたび走り出した。そして小さなカンテラも、ぼんやりとした光をちらちらと反射させながら、まもなく駅の構内へ消えていった。わたしは驚きのあまり、カンテラの後を追いかけて説明を求めようとか、抗議をしようとかいう考えすら起こらない。

それに、いったいなんと抗議すればいいのだろう。

列車に乗って旅に出た憶えもないことに気づき、わたしは愕然とした。自分がどこを出発し、どこへ向かっていたのか、出発したときに荷物を持っていたかどうかも記憶にない。なにも持っていなかったような気もする。

このようにすべて曖昧で恐ろしい空白のなか、列車から降ろされたわたしを無視して、すぐに引っ込んだ、あの不気味なカンテラに対する恐怖心が湧きおこる。つまり、こんな形で人が降ろされるのも、この駅では日常茶飯事なのだろうか。

あたりが暗いため、駅名は読みとれないが、見ず知らずの町であることは確かだ。夜が明けはじめたばかりの侘しい光の下で、街はもぬけの殻のように見える。駅前の大きな薄暗い広場に、まだ灯っている明かりがあった。わたしはそのそばまで行き、歩みをとめる。静寂のなかを響きわたる自分の足音に慄き、目を伏せたまま自分の両手を見る。さまざまな角度から両手を眺めまわし、結んだり開いたりしてみる。それから手で自分自身に触れ、自分がどんな姿をしているのか、身体をまさぐってみる。というのも、自分が本当にそこに存在しているのか、いま自分に起こっていることが事実なのか、もはや確信が持てないのだ。

その後、町の中心地に行き着くまで、ひと足ごとに驚き、立ちどまりそうになるようなことばかり目にした。それでも、ほかの人たちもみんな、わたしと似たり寄ったりであるにもかかわらず、まるで彼らにとってはごく自然で当たり前のことだというように、気にもとめずに動きまわっていることにさらなる驚きを感じ、歩みを止めることもできない。

何者かに引きずられるような感覚があったが、このときも、とくに力ずくというわけではなかった。ただ、わたしの中ではなにも知らないまま、行く先々で見張られているような気がしてならない。だが、どのようにしてここに来たのかも、どこから来たのかもわからないし、なぜここにいるのかもわからない以上、当然わたしが間違っていて、ほかの人たちが正しいのだろう。彼らはそれを承知しているだけでなく、自分たちのしていることはすべて正しいという確信を持ち、みじんの疑いもなく、自分たちの振る舞いに納得しているようなのだ。そんな彼らの様子や行動や表情を見て、わたしが噴き出したり、呆れたりしようものなら、彼らの驚嘆や非難、さらには憤慨さえ招くことだろう。周囲の人たちに気取《けど》られずになんらかの手掛かりを見つけたいという強い思いから、わたしはよく犬がちらりと見せるような疑りぶかい光を、自分の瞳から消し去ろうと終始つとめていた。非は自分にある。なにが起きているのかさっぱりわからない以上、いまだに状況を把握できない以上、非は自分にある。わたしも納得しているふりを装い、ほかの人たちと同じように振る舞う努力をしなければならない。わたしには、もっとも当然で容易に見えるものも含め、行動基準も具体的な理念も、完全に欠如しているのだから。

とりあえずどこから手をつけたらいいのか、どの道を行けばいいのか、なにをすべきなのか、わたしは皆目わからなかった。

それにしても、内面は子どものままで、まだなにも成しとげていないのに、これほど成長してしまっていいのだろうか。ひょっとすると、夢の中でならば働いた経験があるのかもしれない。どんな仕事かはわからないが、働いた経験があることだけは確かだ。休みなく、がむしゃらに働いたはずだ。しかも、誰もがそれを知っているようだ。振り返ってわたしを見る人も少なくなく、まったく憶えがない人から挨拶されることも、一度や二度ではない。最初、挨拶がほんとうにわたしに向けられたものかわからず、戸惑ってしまった。脇を見たり、後ろを確かめたりしてみる。もしかすると誰か別の人と勘違いして挨拶しただけなのかもしれない……。

いや、そうではなかった。彼らはほかでもなく、わたしに挨拶している。わたしは混乱しつつ、自分を幻惑しようにも、それさえ妨げる虚栄心にも似たものと闘っていた。そして宙に浮いたような感覚のまま、ひたすら歩き続ける。我ながら料簡が狭いと思いながらも、あることが気にかかり、奇妙な当惑をぬぐいきれない。自分が着ている服に確信が持てないのだ。わたしのものでないように思えて仕方がない。すれちがう人たちが、わたしにではなく、この服に挨拶しているように思えてくる。そのくせ、わたしはこの服以外、なにひとつ持っていない。

わたしは、もういちど自分の身体をまさぐってみる。意外にも、背広の胸ポケットに革財布のようなものの手触りを感じた。その革財布はわたしの所有物ではなく、わたしのものではないこの背広に帰属するものだという確信のもと、ポケットから引っぱり出してみる。古ぼけて色褪せた、黄色の革財布で、小川か水たまりの中に落ちていたという風情のものだ。革財布を開けてみる。開けるというより、べっとりくっついている部分をひきはがし、中身を確認する。水でインクが滲《にじ》み、文字が読めなくなった数枚の紙幣のあいだに、黄ばんだ小さな聖像画がしまわれていた。ちょうど教会で子どもに配られるような聖像画だ。聖像画には、ほぼ同じ大きさの、やはり色褪せた一枚の写真がへばりついている。

わたしはそれをはがし、眺めてみた。なんと、若くて美しい女性の写真で、ほとんど裸に近い水着姿だ。女性の髪は風を受けてなびき、両腕を高く掲げ、快活に挨拶をしている。わたしは、その姿にうっとりと見惚れながらも、胸の痛みを感じずにはいられなかった。よくわからないが、その写真を見ていると、確信とはいわないまでも、彼女が風の中、これほど快活に手をふって挨拶しているのは、わたしに対してなのだというおぼろげな印象を抱かずにはいられない。だが、いくら思い出そうと努力しても、彼女が誰なのかわからなかった。これほど美しい女性が、あたかも彼女の髪をかき乱している風に吹き飛ばされたかのように、記憶からすっぽりと抜け落ちてしまうなどということがあっていいのだろうか。彼女の写真は、かつて水に浸かったことのあるこの革財布の中で、聖像画とともに、たいていの人が婚約者の写真を入れる場所に納められている。

わたしは、ふたたび革財布の中身をさぐってみた。そのうちに、もしやという疑念が無意識のうちに働き、隠しポケットのようなところを確かめると、一枚の大きな紙幣があるのを見つけ、嬉しいというより当惑した。いったいいつからそこにしまい忘れられていたのだろう。四つ折りにされた紙幣はよれよれで、古い折り目の端にあたっていた部分は、穴だらけだ。

持ち物などなにひとつない今のわたしには、なにかの役に立つかもしれない。どこからそのような確信が湧いたのかはわからないが、小さな写真に写っている女性の姿を見ているうちに、その紙幣は自分の物だという気がしてくる。それにしても、風で髪がこれほど乱れている女性のことなど、はたして信用できるのだろうか。すでに正午をまわっている。わたしは空腹と疲労とで倒れそうだった。なにか食べねばと思い、一軒の食堂に入る。

驚いたことに、ここでもわたしは丁重に扱うべき客として受け入れられ、歓待される。セッティングされたテーブルに案内され、椅子を引いてくれ、腰掛けるようにうながされる。だが、懸念のほうが先に立ち、わたしは足を踏み出せない。主《あるじ》を手招きし、店の隅に連れてゆき、例の大きなよれよれの紙幣を見せる。驚いたようすで、紙幣を眺める主。ぼろぼろになった紙幣を、哀れむようにして調べている。そして、とても高額な紙幣だが、もう長いこと使用されていないものだと教えてくれる。ですが、心配にはおよびません。あなたほどのお方が銀行にお持ちになれば、間違いなく受け付けてくれ、いま流通している、より小額の紙幣や貨幣に換えてくれることでしょう。

食堂の主はそう言いながら、わたしと一緒に店の外の通りまで出て、近くにある銀行を指し示す。

さっそくわたしが銀行に行くと、そこでも、わたしにサービスを提供することは光栄であるという態度を誰もが示した。その紙幣は——このように彼らは説明した——いまだに銀行で回収できていないわずかな紙幣の一枚で、もうずいぶん前から流通していません。現在使われている紙幣は、どれも小額のものばかりでしてね。そう言いながら、小額の紙幣を何枚も何枚も渡してよこすので、わたしは狼狽し、かえって肩身の狭い思いをした。わたしの持ち物といえば、水に浸かった例の革財布だけだ。ところが、そんなに戸惑うことはないと彼らは説くのだった。どんなことにも、方策というものは存在する。銀行に口座を開き、当座預金としてその金を銀行に預ければいい。

わたしはわかったふりをし、山のような紙幣の一部をポケットにしまい、残りの紙幣と引き換えに通帳を受け取って、先ほどの食堂に戻る。そこには、わたしの口に合うような料理はなく、胃にもたれるのではないかと心配になった。いずれにしても、わたしはものすごく金持ちというわけではないが、けっして貧しい者ではないという噂が、早くもひろまったにちがいない。というのも、食堂を出たところで、一台の車が待っていたからだ。運転手は片手で帽子をとって挨拶し、もう片方の手でドアを開け、わたしに乗車をうながす。どこに連れてゆかれるのか見当もつかないが、車があるからには、わたしが知らないだけで、じつは家もあるのかもしれない。

果たしてそうだった。古風な造りの美しい邸宅で、わたしの前にももちろん多くの人が暮らし、わたしの後にも大勢の人が暮らすだろう家だ。ここに置かれている家具すべてが、ほんとうにわたしの物なのだろうか。わたしは家具に囲まれながらも、余《よ》所者《そもの》のような気がしてならなかった。自分が侵入者のように思える。今朝、日の出の時刻にこの町に着いたときに感じたのと同様、この家もまた、わたしにはもぬけの殻のように思える。自分の足音がこだまするのではないかとふたたび恐ろしくなり、できるだけ静かに歩きまわった。冬なので、日が暮れるのも早い。寒くてたまらないし、疲れてもいた。勇気をふりしぼり、動きだす。どれでもいいから、とにかくドアを開けてみる。驚いたことに、ドアの向こうは明かりの灯る部屋だった。寝室だ。しかもベッドには、彼女の……先ほどの写真の若い女性の、生きた姿がある。ここでもまた、むきだしの二本の腕を快活にあげている。といっても、今回のジェスチャーは、彼女のもとに駆け寄り、その腕の中に喜びいさんで飛びこむことを、わたしに促しているのだ。

これは夢なのだろうか。

当然ながら、ベッドの中にいた彼女は、夜が明け、翌朝の日の出のころには、夢と同じようにいなくなっていた。影も形もない。そして、夜のあいだはあれほど暖かかったベッドも、今となっては触れると凍るように冷たく、まるで墓場のようだ。しかも家じゅうに、もう何年も前から生活が涸れ、埃をかぶった場所に特有の臭いと、そこで暮らすためには規則的で有意義な習慣が必要となる、うんざりするほどの疲労感が漂っている。

わたしは、これまでつねにそんな暮らしに対して嫌悪感を抱いてきた。逃げだしたくてたまらなくなる。ここがわたしの家だなどということはあり得ない。これは、悪夢だ。いうまでもなく、わたしはじつに馬鹿げた夢を見ただけなのだ。その確証をつかもうとでもするかのように、正面の壁にかけられている鏡に自らの姿を映してみる。そのとたん、背筋がぞくっとし、わたしは溺《おぼ》れて、永遠に気を失ったような気がする。いったいどれほどの距離を隔てた場所から、子どものころからずっと持っていたはずのわたしの眼は、少しも納得できずに、恐怖のあまりカッと見開いたまま、この老いた男の顔を見つめているのだろうか。わたしは、すでに年老いているのか？ こんなにも早く？ そんなことがあっていいのだろうか。

ドアをノックする音が聞こえ、びくっとした。息子たちが到着したと告げられる。

息子だって？

わたしのような人間が子どもを持つなんて、恐ろしい話だ。それにしても、いつのまに？ おそらく昨日だろう。昨日までわたしはまだ若かったのだから。とはいえ、いま、こうして年老いてから息子たちと対面するのも悪くはない。

息子たちが入ってきた。それぞれの子どもたちの手を引いて。部屋に入るなり、駆け寄ってわたしの身体を支えようとする。ベッドから起きあがったら駄目じゃないかと、愛情たっぷりに叱るのだ。わたしの息切れが治まるように気遣い、座らせてくれる。このわたしが、息切れだって？ そのとおり。息子たちは、わたしの体調がかなり悪く、立っていてはよくないことを十分に承知している。

わたしは椅子に腰を掛け、息子たちを見つめ、彼らの言葉に耳を傾ける。夢の中でからかわれているように感じながら……。

わたしの人生は、これで終わるのか？

まわりに集まり、こちらをのぞきこんでいる息子たちを、わたしは意地悪く観察していた。気づいてはならないことのように、息子たちの頭に白髪が生えてくるのを見つける。しかも、わたしが見ているあいだにも伸びてゆく。けっして少なくない数の白髪が伸びてゆくのだ。

「これが冗談でなくてなんだというんだね？　早くも君たちまで白髪だなんて……」

ごらん、たったいま、あのドアから入ってきたばかりの子どもたちを。ほら、わたしの肘掛け椅子に近づいただけで、たちまち大きくなってしまった。あの女の子なんて、もはやいっぱしの若い女性じゃないか。人混みを掻きわけて進み、感嘆の目で見られたい年頃だ。父親が制止しなければ、わたしの膝に座り、わたしの首に腕をからませ、胸に頭を押しつけてきそうな勢いだった。

わたしは、すくっと立ちあがりたい衝動に駆られた。だが、もはや無理なことなのだと認めないわけにはいかなかった。そして、新しい世代の子どもたちの陰に隠れている老いた息子たちの姿を、いまや大きく成長した子どもたちがつい先ほどまで見せていたのと同じ目つきで、はかりしれないほどの憐憫の情をこめて、許されるかぎりのあいだ見つめていた。

（一九三六年）

解説

関口 英子

ピランデッロというと、演劇通の人であれば、『作者を探す六人の登場人物［Sei personaggi in cerca d'autore］』や『ヘンリー四世［Enrico IV］』といった代表的な戯曲のタイトルを思い浮かべることだろう。イタリアで一九二一年に初演され、世界的な注目を浴びた傑作戯曲『作者を探す六人の登場人物』は、俳優たちが芝居の稽古をしている舞台に、六人の登場人物が、自分たちの物語を演じさせてほしいと言って割り込み、演劇の意義をめぐるやりとりを始めるという劇中劇で、三年後の一九二四年には日本でも上演されている。現実と虚構が入り乱れる特異な構造のこの戯曲は、当時の演劇人を驚かせると同時に大いに魅了し、「革命的」と評された。

「ピランデルロは、若き日の私にとっての、（それは戯曲という書物を通してではあったが）メートル（師匠）といってもよいほどの大事な存在であった」という、『世界文学全集』（学習研究社、一九七八年、「ピランデルロと私」）に寄せられた矢代静一の文章が、その熱狂ぶりを物語っている。

この作品を皮切りに代表的な戯曲が相次いで邦訳され、以来、およそ九十年を経た今日に至るまで、ピランデッロは常に現代演劇の先駆者として独自の存在感を保ち続けている。だが、日本では「劇作家ピランデッロ」の持つ、難解で哲学的なイメージが先行し、その母体ともいえる「短篇作家ピランデッロ」に目が向けられることはあまりなかった。

実はピランデッロは、劇作家であると同時に、いや劇作家である以前に、ブッツァーティやモラヴィアに勝るとも劣らない短篇の名手である。一八八四年、十七歳の時に処女短篇「小屋［Capannetta］」を発表して以来、亡くなる年の一九三六年まで、半世紀以上にわたって中断することなく短篇を書き続け、その総数はなんと二百五十近くにのぼる。

「膨大な数の短篇は、ピランデッロの雄弁な語りにおけるもっとも豊かなワードローブであり、彼の芸術の創造力にとって最高の資料館なのである」（ルチオ・ルニャーニ）という評のとおり、彼の書いた戯曲の多くは、こうして書きためた短篇をもとにして生まれたものだ。例を挙げるならば、イタリアで最初に大々的な成功を収めた戯曲『御意にまかす［Così è (se vi pare)］』（一九一七年初演）は、短篇「フローラ夫人とその娘婿のポンツァ氏」をもとに、次々と重ねられる台詞によって、「どこからが幻影で、どこまでが現実なのか」わからない町の住人の滑稽なまでの不安感を表現した三幕の喜劇であるし、登場人物の会話から成り立っている短篇「貼りついた死」は、ト書きが書き込まれただけで、ほとんど修正もなく戯曲『花をくわえた男［L'uomo dal fiore in bocca］』となっている。冒頭で述べた出世作の『作者を探す六人の登場人物』にしても、短篇「登場人物の悲劇」にすでにその原型が見られるし、短篇「甕」は、かしましい農婦三人組が登場人物として新たに加えられ、戯曲『甕』となった。短篇「すりかえられた赤ん坊」に至っては、ミュージカル劇『すりかえられた赤ん坊の物語［La favola del figlio cambiato］』として生まれ変わっただけでなく、未完のまま残された戯曲『山の巨人たち［I giganti della montagna］』における劇中劇としても用いられている……といったぐあいに、本書に収めた短篇十五編だけをみても、そのうち五編から戯曲が生まれている。二編以上の短篇から一つの戯曲が作られていることもあり、手法こそ多様だが、短篇をもとにした戯曲はほかにも数多くみられる。一方、その逆、つまり戯曲を短篇に書き換えた例は見当たらない。

ピランデッロの名を広く世界に知らしめたのは確かに戯曲作品だが、それはピランデッロが五十歳を越え、作家としての円熟期に入ってからのことであり、ピランデッロ自身は当初、戯曲は表現における技巧的なアレンジにすぎないと捉えていたようだ。現に、初期のピランデッロの文章からは、役者とは「詩人によって創りだされた登場人物を、よりリアルに、だがしかし、真実からはより遠い形で表現する。物質的でありきたりの現実味を登場人物に与える分、観念的かつ絶対的な真実味を奪ってしまうのだ」（『挿画家、役者、翻訳家［Illustratori, attori e traduttori］』、一九〇七年）と述べるなど、演劇という表現形態に対する疑心さえうかがえる。

戯曲が二十か国以上に翻訳され、世界を舞台に劇作家として活躍をはじめた一九二〇年代前半、ピランデッロは並行して膨大な量の短篇の編み直しにも着手している。これまで発表した短篇を手直ししつつ、新たな短篇も書き加えながら、読者が一日に一編ずつ読み進め、『一年分の物語［Novelle per un anno］』に仕立てあげるという壮大なライフワークを自らに課したのだ。当初、ピランデッロは三百六十五編を一冊にまとめることを希望したというが、「読者諸氏も想像に難くない理由から」、出版社側（フィレンツェのベンポラッド社）に拒否される。ではせめて三十編ずつ十二巻に、と妥協案を提示したものの、これも却下。最終的には、多少の差はあるが、一巻におよそ十五編ずつ収めながら、一九二二年より順次刊行されていった。

残念ながら、この大事業は当初の計画の三分の二弱のところで、ピランデッロの死によって中断を余儀なくされ、生前に自らの手で編んだものは十五巻、計二百十一の短篇にとどまった（ピランデッロの死後、残されていた短篇が「補遺」としてまとめられたものの、そこに漏れている作品もある）。

『一年分の物語』を編むにあたって、ピランデッロは次のような文章を添えている。「一日に一編、一年間にわたり、いずれも日付や月や季節といった特徴を持たずに読める短篇ばかりだ。［中略］すべての作品を、時間をかけ愛情をこめて念入りに推敲しなおした。こうした心をこめた手直しに免じ、本書『一年分の物語』の著者が世の中に対し、あるいは人生に対し、苦味に満ちた、喜びに乏しい概念を抱いており、いくつもの小さな鏡の中にそれがそのまま映し出されてしまっていることを、読者諸氏に許してもらえるよう切に願うものである」

扱われているテーマは、神話やフォークロアをモチーフとしたもの、生まれ故郷シチリアへの讃歌ともとれるシチリアの風土に根ざして生きる人々の哀愁、人生の不条理、真実と虚構、現実と幻影、あの世とこの世のあいだでさまようアイデンティティー、狂気と正気の相対性、人間とは対照的な存在としての自然や動物、そして死など、きわめて多様だ。

舞台は大きく分けて二つ。初期に多いのが、シチリア、とくに生まれ故郷のジルジェンティ（現在のアグリジェント）を舞台とした作品だ。ピランデッロは、この土地柄を「人口およそ二万五千の古くて小さな田舎町で、そこに住む人々は、日射しに灼かれて土臭く、偏見に満ち、疑り深く翳《かげ》があり、暴力的なのだが、気の置けない人物たちである」と紹介している。描かれるのは、農夫、採掘工、職人、迷信にふりまわされる庶民、因襲に縛られる女性たちといった人々の姿だ。それと好対照を成すのが、ローマやミラノをはじめとする都会を舞台にした作品群。ここでは、教授や医師、弁護士といった中産階級の、たいていは孤独を胸に秘めた人々が描かれる。いずれも登場人物の抱える悲哀や虚しさが、鋭い観察眼と微細な筆致で語られているのだが、興味深いことに、前者に注がれるピランデッロの眼差しの奥底には、温かく寄りそうような慈しみが感じられ、後者に対しては、いくぶん突きはなすような冷徹さが感じられることが多い。

作風としても、とりわけ初期の作品に関しては、同じシチリア出身の作家ジョヴァンニ・ヴェルガ（一八四〇～一九二二年）に代表される真実主義《ヴェリズモ》の流れが感じられる一方で、「ひと吹き」のように、シュールでシニカルな幻想譚といった趣のものもある。また、狂言廻しを登場させメタフィクション的に仕上げた作品も少なくない。ピランデッロにとっての短篇は、どのような手法を用いたら登場人物がもっとも生き生きと描けるかを探求するための「開かれた実験場」だという指摘もあるほどだ。

いずれにも通底するのは、人生は「とても悲しい道化に似ている。なぜなら、その理由も、誰に対してかもわからぬまま、我々は自然発生的に生じる現実と向き合い、それが空虚な見せかけにすぎないことに折にふれて気付きつつも、自分自身を四六時中欺かなければならない必要性を我々の内に抱えこんでいるからだ。ひとたびその仕組みを理解した者は、二度と自分を欺くことができなくなる。そして、自分を欺くことができなくなった者は、もはや人生の味わいも喜びも感じることができないのだ」という、ピランデッロ独自の人生観だ。

「与えられた人生を生きている自分は、本当の自分なのか」「何者かがたくらんで、そのような人物像を押しつけただけなのではないか」「鏡を見てみろ、あそこに映っているのは本当のお前の姿か」……。作品を通して、ピランデッロはそうした問いを執拗に投げかけ、本来の自分と、与えられた人生との奇妙な齟齬感を冷酷に浮き彫りにしようとする。それはまた、ピランデッロ自身が生涯、内に抱え、答えを模索しつづけた問いであり、自らの人生に対して抱いていた齟齬感でもある。

いったい何がピランデッロをこれほど閉塞した精神状況に追いやったのだろうか。

＊　＊　＊

ルイジ・ピランデッロは、一八六七年、シチリア島のアグリジェントに生まれた。ガリバルディが義勇軍を率いてシチリアを占領したのが一八六〇年、翌六一年にシチリアはイタリア王国に統合された（父ステファノも、このガリバルディ義勇軍に加わっている）。当初、ガリバルディの偉業とイタリア統一に対し期待を寄せていたシチリアの農民たちも、一向に農地改革がなされないことにしだいに失望していく。そのうえ、課税の強化や兵役の義務化といった負担も重なり、不満は反乱へと発展した。

ピランデッロが生まれた年には、反乱を鎮圧するために派遣された部隊によって持ち込まれたコレラが、島全体に蔓延していた。母カテリーナはコレラの感染を恐れ、出産のために田舎へ避難する。そこは、地元の言葉で「カヴス」と呼ばれる一帯だった。ピランデッロは、自らの生まれた土地について後にこう語っている。「わたしはカオスの子である。寓意的な意味においてではなく、現実にそうなのだ。というのも、ジルジェンティの住民が地元の方言で『カヴス』と呼んでいた、入り組んだ森林のそばにある、シチリアの田舎で生まれたからである。『カヴス』というのは、純粋な古代ギリシア語〈カオス〉が訛った言葉だ」。

イタリア統一直後の混乱とコレラの蔓延で文字通り混沌とするシチリアの「カオス」で生まれたピランデッロは、生涯「カオス」を背負って生きることになる。

父ステファノは硫黄産業で財を成し、一家は裕福な暮らしをしていたが、一八八二年、父親が事業に失敗、パレルモに移り住む。高校に進んだピランデッロは、文学、とくに詩の世界に没頭し、十五歳の時には詩人になりたいという夢を抱いていた。この時期、ピランデッロは母親を裏切り女性と密会を重ねる父の姿を見、父親に対して憎悪を抱くようになる。

一八八五年、父の事業も持ち直し、一家はポルト・エンペードクレ（アグリジェントの隣町）に戻るが、ピランデッロは一人パレルモに残り、高校を卒業する。卒業後は、三か月ほど父親の元で硫黄鉱山の事業を手伝っている。これは、ピランデッロが採掘工たちの生きざまに直接触れる貴重な機会となった。

その後パレルモ大学に入学し、法律と文学を専攻するものの、一八八七年、二十歳になって間もないピランデッロは、生まれ育ったシチリアを後にする決意をし、ローマ大学に籍を移す。

学生時代、想いを寄せた女性や、シチリアの過酷な風土をテーマに、ピランデッロは多くの詩を書きため、八九年には処女詩集を刊行している。また、原稿こそ残ってはいないが、ローマでは友人たちと喜劇の脚本を書き、それを演じることもあった。だが、ローマでのそうした学生時代も長続きせず、教授との対立を理由にドイツのボンに留学。最終的にボン大学でシチリア方言に関する卒論を提出し、一八九一年に学位を取得している。

大学を卒業したピランデッロは、父親の仕送りを受けながら、文学を志すためにローマに戻る。ここでピランデッロの才能を見いだしたのが、同じくシチリア出身で、ヴェリズモの作家、ルイジ・カプアーナ（一八三九〜一九一五年）だ。それまでもっぱら詩作に明け暮れていたピランデッロだが、「詩ではない形式の叙述文学を書き始めるきっかけを与えてくれた」のがカプアーナだったと述べている。カプアーナの紹介でピランデッロはローマの文壇に顔を出すようになり、短篇や詩、論説などを新聞や雑誌に少しずつ発表していく。一方、それまで書きためた短篇を、『愛なき恋愛［Amori senza amore］』というタイトルで、一八九四年に刊行。だが、ピランデッロの名がイタリアの文学界に広く認められるには至らなかった。

同年、生まれ故郷のアグリジェントで、マリア・アントニエッタ・ポルトゥラーノと結婚する。ピランデッロ二十六歳の時だ。同業者であった父親同士の紹介によって結ばれた二人だったが、挙式後、ローマに戻って新婚生活をはじめたピランデッロ夫妻は、長男ステファノ、長女リエッタ、次男ファウストと三人の子どもに恵まれ、しばらくは平穏な暮らしを送る。父の事業から得る収入もあり、若きピランデッロは、とくに生活の心配をすることもなく文学に打ち込むことができた。一方、女子高等師範学校で国語を教えるようになり、その後、二十五年間、教鞭を執りつづける。

そんな家族との生活が急転するのは、一九〇三年のことだ。父ステファノは、ピランデッロの妻アントニエッタの結婚持参金と自己の資金を大規模な硫黄鉱山の開発に投資していた。その鉱山が浸水し、すべてを失ってしまうのだ。知らせを受けた妻のアントニエッタは、極度のショックから両脚が麻痺し、歩けなくなってしまう。そのうえ、著しく精神のバランスを欠き、妄想やヒステリー、強迫観念といった精神疾患を来すようになる。経済的な危機と妻の病という二重の苦しみのなか、ピランデッロは家庭教師などもしながら、精力的に執筆活動を続け、頻繁に作品を発表している。

一九〇四年、妻の看病の合間に執筆した長篇小説『生きていたパスカル［Il fu Mattia Pascal］』を刊行。自伝的要素を多分に含み、自己の存在意義を問いかけたこの作品は、ピランデッロにとっての最初の成功となり、海外でも翻訳された。

一九〇八年、自らの創作のキーワードともいえる『諧謔論《ウモリズモ》［L'umorismo］』を発表。また、『生きていたパスカル』の成功もあり、一九〇九年頃からはイタリアの主要紙コッリエーレ・デッラ・セーラで作品を発表できるようになり、以降、多くの短篇の初出が同紙となる。この時期、短篇集を次々に刊行している。

やがてイタリアはリビア戦争（一九一一〜一二年）に突入、世界情勢が次第にきな臭くなり、ピランデッロの書く短篇にも戦争に対する言及が見られるようになる。

第一次世界大戦中の一九一五年、出征した長男のステファノが捕虜となり、母親を亡くし、妻の精神疾患も悪化するなど、ピランデッロはいくつもの試練に見舞われる。なんと、妻の猛烈な嫉妬心の鉾先は、愛娘のリエッタにまで向けられ、夫と娘との近親相姦を疑うようになるのだ。それを苦にリエッタは自殺未遂を図り、ピランデッロはやむなく娘を家から出さなければならなくなる。そんな思いをしてもなお、ピランデッロは、一九一九年、医者と長男ステファノの勧めで療養所に入院させるまで、自宅で妻の看病をしている（入院させてからも罪悪感に苛まれつづける）。もっとも精神的につらかっただろうこの時期、ピランデッロは短篇を中心にもっとも多くの作品を書いた。

一九一五年には、『シチリアのレモン［Lumie di Sicilia］』がシチリア人俳優アンジェロ・ムスコの主演で演じられ、これをきっかけにピランデッロはムスコと共同で次々にシチリア劇を手掛けるようになる。とくに、翌年の『考えろ、ジャコミーノ！［Pensaci, Giacomino!］』が話題を呼び、イタリアの各地で上演され、次第に評価されていく。

劇作家として歩みはじめたピランデッロの初期のシチリア劇という作風を変える

きっかけとなったのが、一九一七年に上演された『御意にまかす』だ。この戯曲は高く評価され、その後の、冒頭に述べたような『作者を探す六人の登場人物』の世界的な成功への布石となる。続いて発表された『ヘンリー四世』も世界各国で翻訳、上演された。こうして、「劇作家ピランデッロ」の名が世界に知れ渡ることとなる。

『一年分の物語』の編纂にも着手し、ピランデッロが劇作家としても小説家としても絶頂期にあった二〇年代初頭は、イタリアでファシズムが台頭しはじめた時期にあたる。一九二二年、ムッソリーニのローマ進軍により、ファシスト政権が樹立。それまであらゆる政治体制に不信感を示していたピランデッロだったが、二四年、突然ファシスト党に入党。翌二五年には、ダンヌンツィオやウンガレッティらとともに、「ファシスト知識人宣言」に署名する。ピランデッロのファシズムへの傾倒は、友人らをも驚かせ、多くの知識人から抗議を受けた。

一九二五年、長男ステファノ、女優のマルタ・アッバ、俳優ルジェーロ・ルッジェーリらとともに、劇団「芸術劇場」をローマで結成（ムッソリーニから財政的な支援を受けている）。世界各地での公演を試みたものの、劇団は数年で解散する。しかし、ここで出会ったマルタ・アッバは、公私ともにピランデッロにとって大切な存在となる。事実、ピランデッロはこの女性に五百通もの手紙を送っており、後に『マルタ・アッバへの手紙［Lettere a Marta Abba］』として一冊にまとめられている。一九三四年にはノーベル文学賞を受賞。受賞の知らせを受けたピランデッロが、「道化《パリアッチャーテ》だ！　道化だ！」とタイプライターで何度も繰り返し叩いたという逸話もある。

こうして、文学者としての最高の栄誉に輝いた二年後の一九三六年、ピランデッロは肺炎を患い、十二月にローマで死去。六十九歳だった。亡くなる数か月前に発表した短篇「ある一日」は、これまで歩んできた人生を、早送りの映像を見るかのように赤の他人の眼で眺めるという秀逸な作品であり、ピランデッロの最期を暗示するものとなっている。

ファシスト政権による国葬の申し出を拒絶するかのように、ピランデッロは、遺体を火葬とし、アグリジェントの田舎に遺灰を撒くようにとの遺書を残した。こうして、「自ら望んだものではない地上での滞在」に終止符を打ち、生まれ故郷の松の木の下へと還っていったのだ。

数年前から書きかけていた神話劇、『山の巨人たち』が未完のまま残された。

＊　＊　＊

ピランデッロの生涯を急ぎ足で辿ってみたが、まさに困難な戦いの連続だったことがうかがえる。そんななか、彼にとって書くことは、「登場人物の悲劇」でも語られている、「あらゆる苦悩やあらゆる厄介ごとから解放され、死に縋《すが》る必要もなく、心の平穏を見出す」ための、ちょうど望遠鏡を逆さまにして覗くのと同様な効果をもたらす行為だったのではないだろうか。

こうした不条理に満ちた人生を語る際のピランデッロの考え方が明確にされているのが、一九〇八年に発表された論考、『諧謔論《ウモリズモ》』だ。イタリア語の umorismo は、英語の humour に相当する言葉だが、日本語で用いられている「ユーモア」の語感よりも奥が深い。伊伊辞典 [Devoto-Oli] の定義には、「物事の滑稽さを浮き彫りにし、表現する能力。単に面白がったり、敵対心を煽ったりするものではなく、思慮に満ちた鋭い知性と、深く、ときに寛容な、人間に対する共感にもとづくもの」とある。残念ながら、日本語には適当な訳語が見当たらない。「ユーモア」とすると軽い笑いをイメージするし、「諧謔」という訳語を当ててはみたものの、「たわむれ」、「洒落」の意味だから、やはりずれてしまう。

前置きが長くなったが、この論考でまずピランデッロは、〝ウモリズモ作家〟とはどのような存在であるかの定義を試みる。

「生きるうえでの戦いが困難になればなるほど、そして、その戦いにおいて己の弱さを思い知れば思い知るほど、互いにごまかす必要が大きくなる。強さ、正直さ、感じのよさ、思慮深さといったあらゆる美徳、真実味における最高の美徳を装うことは、適応の一形態であり、人生の戦いにおける巧妙な道具なのだ。〝ウモリズモ作家〟は、人生の戦いにおけるこの手の諸々のいつわりを即座に知覚し、その仮面をはがすことに喜びを見いだす。［中略］社会学者が社会的な生活を外からの観察に基づいて描写するのに対し、鋭い洞察力で武装した〝ウモリズモ作家〟は、外観というものが、それと結びついている個々の人間の意識の内面とは、根本的に異なることを示してみせるのだ」

そのうえで、喜劇と風刺と〝ウモリズモ〟の違いを次のように説明する。

「喜劇作家だろうが、風刺作家だろうが、〝ウモリズモ作家〟だろうが、考察を深めることによって、己の幻想にもとづく虚構を暴くことは可能である。だが、喜劇作家の場合、それをただ笑い飛ばし、無意識のうちに生まれた幻影から築きあげられた自分のメタファーをしぼませることで満足する。風刺作家は、そのような行為を侮蔑する。ところが〝ウモリズモ作家〟は違う。虚構が暴かれることによって生じる笑いをとおして、深刻で痛ましい側面に目を向けさせる。たしかに、こうした概念上の虚構を解体してしまうが、それは単に笑うためでも、侮蔑の対象とするためでもない。笑いながらも、おそらくそこに同情や共感を見いだそうとするのだ」

たしかに、甕に閉じ込められた継ぎ師のディーマ親方にしろ、夜の闇を極度に恐れる採掘工のチャウラにしても、与えられた役割のなかで、懸命に生きる姿や心理状態が容赦なくさらけ出されていて滑稽だが、その裏には登場人物に対するピランデッロの深い考察があり、それはまた、そうした状態に彼らを追いやる社会構造を暴くことにもつながっている。登場人物が向き合うことを余儀なくされた不条理な押し付けを、ピランデッロは〝ウモリズモ〟によって笑いに変え、彼らに課せられた否定的な役割を力に変えていく。その象徴としてしばしば用いられるのが、彼らの頭上で静かに輝く「月」なのだ。そこからは、虐げられたシチリアの人々に対する、同郷人ピランデッロの怒りと深い共感の眼差しがうかがえる。

ピランデッロは、人間の日々の営みも、それを実際におこなっている肉体も、虚構のうえに成り立つ「形式」にすぎず、本来の自己というものは、それとは別個の存在だと考える。

「精神は自由に動きまわり、場合によっては溶解することもあるというのに、自己の肉体は不変の姿形に固定されているという事実が、ときに拷問のように思えることが、誰にでもあるものだ。『ああ、なぜ自分はよりによって、こんな姿をしていなければならないのか？』我々は鏡に向かってそう自問する。『こんな顔で、こんな身体でなければならないのか？』。そして、無意識のうちに片手を挙げるのだが、その手が宙に浮いたまま止まってしまう。その動作をしたのが自分自身であることが、奇妙に思え、生きている自分をただ眺めているのだ。片手を挙げたまま動かずにいる自分が、彫像のように見えてくる。［中略］内面が沈黙する瞬間、我々の精神は慣れ親しんできた虚構を脱ぎ捨て、眼が貫くように鋭くなる。そして、生における己の姿を見いだし、同時に己の中に生を見いだすのだ。それらはいずれも、不毛で、不安に満ちた裸体をさらけだしている。すると我々は、奇妙な印象に襲われる。それはあたかも、我々がふだん理解しているのとはまったく異なる現実が、人間の視力を超越し、人間の理論によってつくられた形式の外にある生きた現実が、いきなりくっきりと立ちあらわれたかのような感覚なのだ」。ふとしたきっかけで、いったんそうした感覚に気付いてしまうと、いくら努力しても、「通常の自覚や、それに結びついた概念、人生のふだんの感情を信じることができなくなってしまう。なぜなら、それは人間が生きのびるための欺瞞にすぎず、その下には別のものが存在していることを、我々はもはや知ってしまったのだから。しかも、人間は、死ぬ覚悟、あるいは錯乱する覚悟がないかぎり、その下にあるものの正体を覗くことはできないのだ」

ピランデッロの小説の登場人物たちは、列車から降りた瞬間や、自宅の玄関に掲げられた表札、ふと覗いた鏡の中の自分の姿といった、日常の何気ないことをきっかけに、自分の人生に疑問を抱き、「自分がその家だけでなく、その男の人生からもずっと不在だった」という感覚に囚われる。そして、社会的な枠にはめられたこれまでのメカニズムを破壊しようと挑むのだ。だが、その行き着く先は、飼い犬を手押し車のように歩かせる行為に象徴されるような「狂気」か、さもなければ死なのだ。

「ひと吹き」は、ピランデッロが自らの短篇のなかで最高の作品だと自讃していたものだが、たったひと吹きの息ですべてが消えてなくなる世界を描いた作品がピランデッロの理想だということに、この作家が内に抱え込んでいた危機の深さがうかがえる。

「登場人物の悲劇」でも語られているように、作家としてのピランデッロは、多くの登場人物にとり憑かれていた。しかも、たいていは「世の中に対して大いなる不満を抱えた者や、謎の病に悩まされている者、あるいはきわめて奇怪な事件に巻き込まれた者」ばかり。自分たちのことを書いてくれと主張するこうした登場人物とのかかわりについて、ピランデッロは戯曲『作者を探す六人の登場人物』に添えた序文で、次のように述べている。

「もう何年も前から（まるで昨日のことのようだが）、私の芸術の手伝いをしてくれる者がいる。とても機敏な小間使いなのだが、そのくせ、仕事ではいつも新しいことをしてくれる。彼女の名は〈幻想《ファンタジア》〉。少々意地が悪く、人を小馬鹿にしたところがあり、黒い服を好んで着ているのだが、その着こなしがしばしば奇抜であることは誰にも否定できない［中略］。そして、私が短篇や小説や戯曲が書けるように、世の中でもっとも大きな不満を抱えている人たちを我が家に連れてきては喜んでいる」

この一文に、「貼りついた死」の主人公の次のような台詞を重ね合わせてみる。

「わたしは想像力をはたらかせて他人の人生にしがみつく必要がある。ですが、喜びを感じることも、関心を抱くこともいっさいなく、どちらかというと……むしろ……不快を感じるためなのです。しょせん人生なんてくだらなく、虚しいものなのだと。［中略］そのために次から次へとその証拠や具体例を見つけていく。執念深くね」

すると、精神を患っていた妻の傍らで、何人もの他人を自らの内に棲まわせながら、とり憑かれるようにして書き続けたピランデッロの姿が垣間見えてはこないだろうか。

こうして書かれたピランデッロの短篇を、幻想文学として捉えなおそうという動きもある。二〇一〇年には、イタリアの老舗出版社エイナウディから、そのものずばり、『ルイジ・ピランデッロ幻想短篇集［Luigi Pirandello Racconti Fantastici］』と題し、幻想的な色合いの濃い短篇ばかりを集めた選集が刊行されている。編者、ガブリエーレ・ペドゥッラは、「ピランデッロは二〇世紀イタリアの幻想短篇作家のマエストロの一人である。このような見方は、まだ研究者のあいだでも、一般の読者のあいだでも、ひろく浸透してはいないかもしれない。だが、このシチリア生まれの作家が遺した短篇の量といい質といい、このように断言したとしても、けっして誇張ではないと思う」と述べている。もちろん、すべての短篇が幻想という言葉で括れるものではないにしろ、「ひと吹き」や「紙の世界」は、ブッツァーティにも通じる、不条理に満ちた幻想の世界といえるだろう。また、因襲的なシチリアの民衆の姿を描いた短篇の数々にしても、純粋なヴェリズモとは一線を画しており、「すりかえられた赤ん坊」は迷信をモチーフとした、「ミッツァロのカラス」は動物を主人公に据えた、幻想文学の要素を持っている。

＊　＊　＊

本書に収めた十五の短篇の翻訳にあたっては、ルチオ・ルニャーニの編による、『ルイジ・ピランデッロ短篇全集』［*Luigi Pirandello Tutte le novelle*, a cura di Lucio Lugnani, Biblioteca Universale Rizzoli, 2007］を参考とした。これは、ピランデッロの全短篇二百四十九編と、断片十編が収められているだけでなく、注や付録の充実した三巻組の全集で、総ページ数は三千三百八十六にのぼる。各短篇の原タイトルは各々の冒頭に、初出年を末尾に記した。

ルイジ・ピランデッロ年譜

一八六七年
シチリアのアグリジェント（ジルジェンティ）に生まれる。父ステファノは硫黄産業に従事し、家庭は裕福だった。母はカテリーナ。

一八八二年　一五歳
一家でパレルモに越す。

一八八四年　一七歳
処女短篇「小屋」を発表。

一八八六年　一九歳
パレルモの高校を卒業し、短期間、父の事業を手伝う。パレルモ大学に入学、法律と文学を専攻。

一八八七年　二〇歳
シチリアを後にし、ローマ大学に籍を移すも、教授と対立してドイツのボンに留学。

一八八九年　二二歳
処女詩集『陽気な病［Mal giocondo］』刊行。

一八九一年　二四歳
ボン大学を卒業。卒論のテーマは、シチリアの方言。

一八九二年　二五歳
ローマに戻り、文学界に出入りするようになり、本格的に執筆活動をはじめる。
一八九四年　二七歳
マリア・アントニエッタ・ポルトゥラーノと結婚。
処女短篇集『愛なき恋愛』を刊行する。
一八九七年　三〇歳
女子高等師範学校で教職に就く。
一九〇三年　三六歳
父親の鉱山が浸水し、経済状況が急転。妻アントニエッタの精神状態が不安定になる。
一九〇四年　三七歳
『生きていたパスカル』を刊行。海外でも翻訳される。
一九〇八年　四一歳
『諧謔論《ウモリズモ》』を刊行。
一九一〇年　四三歳
友人の劇作家ニーノ・マルトッリオに勧められ、『シチリアのレモン』などを戯曲に書き換える。
一九一五年　四八歳
息子の出征、母親の死、妻の病気の悪化といった苦難が重なる。
アンジェロ・ムスコとともに、『シチリアのレモン』などのシチリア劇を手掛けはじめる。
一九一六年　四九歳
『考えろ、ジャコミーノ!』初演。
小説『或る映画技師の手記 [Quaderni

di Serafino Gubbio operatore]』を発表。

一九一七年　五〇歳
『御意にまかす』が上演され、高く評価される。

一九一九年　五二歳
妻アントニエッタを療養所に入院させる。

一九二一年　五四歳
『作者を探す六人の登場人物』初演。劇作家として世界的に知られるようになる。

一九二二年　五五歳
『ヘンリー四世』初演。
短篇集『一年分の物語』の刊行をはじめる。

一九二四年　五七歳
ファシスト党に入党。
『作者を探す六人の登場人物』が日本で上演される（築地小劇場）。

一九二五年　五八歳
「ファシスト知識人宣言」に署名。
小説『ひとりは誰でもなく、また十万人[Uno, nessuno e centomila]』の連載をはじめる。

一九三四年　六七歳
劇団「芸術劇場」を結成。
ノーベル文学賞受賞。

一九三六年
肺炎を患い、死去。享年六十九。

訳者あとがき

古典新訳文庫でピランデッロの短篇を紹介したいと思い、少しずつ訳しはじめてから、こうして形になるまで、かなりの年月を費やした。足かけ三年ぐらいだろうか。途中、あまりのペシミズムに挫折しかけたこともある。なによりたいへんだったのは、二百五十近い短篇のなかからどの作品を選ぶか、という問題である。

正直、明確な指針があったわけではない。心掛けたのは、ピランデッロという作家の全容が伝えられるような作品選びを、ということである。なるべくバリエーション豊かにしたつもりだが、結果的に、その大半が、どこかで死や狂気と結びついているものとなってしまった。それはピランデッロの作品全体に通じる傾向でもある。いずれにしても、わたしの個人的な好みやこだわりが多分に反映されたものであることは否めない。

一九七六年にハヤカワ文庫から刊行された短篇集『旅路―ピランデルロ短篇集』

（内山寛訳）以来、『短篇で読むシチリア』（みすず書房、武谷なおみ編訳、二〇一一年）といったアンソロジーに数編収められてはいるものの、三十年以上まとまって訳されることがなく、日本の読者にとっては遠い存在であったピランデッロの短篇集が、今年、奇しくも二冊続けて出版されることになった。本書と、七月に白水社から刊行された『カオス・シチリア物語―ピランデッロ短編集』（白崎容子・尾河直哉訳）である。『カオス・シチリア物語』は、そのタイトル通り、タヴィアーニ兄弟の映画（一九八四年。「ミッツァロのカラス」、「甕」、「ある一日」など数編をモチーフとしたオムニバス形式）の原作となった短篇を中心に、シチリアを舞台とした短篇ばかりを集めたものだ。

本書『月を見つけたチャウラ　ピランデッロ短篇集』を読んで、チャウラやディーマ親方、ヴァンナ・スコーマといった〝異界〟に生きる登場人物たちの姿や、すべてを見通すかのように青く澄んだ大空を悠然と飛ぶカラスの姿に惹かれた読者には、こちらもぜひ読んでいただきたい。「土臭くて翳《かげ》のある」個性豊かな登場人物たちとの出会いが待っていることだろう。

これで、ようやく数十編の短篇が日本語で読めるようになったことになる。残り二百編あまり。もちろん、『一年分の物語』が全訳されるに越したことはないが、選集を編むにしても、素材は選りどりみどりである。テーマで選ぶもよし、舞台で選ぶもよし、動物を主人公としたものを集めてみてもいいし、戯曲原作短篇集なんていうのもおもしろいかもしれない。これを機に、この未訳の〝ウモリズモ〟の鉱山から新たな選集が掘り出されることを期待したい。

わたしがピランデッロの作品に初めて出会ったのは、大学時代。当時学園祭で恒例となっていたイタリア語劇で、ピランデッロの一幕劇『甕』を上演することになったのだ。ちょうど、タヴィアーニ兄弟の『カオス・シチリア物語』が公開されて間もなくの頃だったので、大それた話ではあるが手本とすべき映像もあり、シチリア弁に悩まされながら、戯曲のテキストを辞書と首っぴきで訳したものだ。翻訳の出来は惨憺たるものだったが、いまとなってはよい思い出だ。

そんな当時の思い出に浸りながら、短篇と戯曲を読み比べるのもおもしろいのではと思い、今回ふたたび戯曲版の『甕』も訳してみた。ところが、戯曲になると登場人物も増え、台詞の掛け合いで物語が進められるため、二十ページほどの短篇が、六十ページ近くに膨らむことがわかり、本書への収録は断念することにした。いずれ『ピランデッロ戯曲集』を編めたらと密かに願っている。

『カオス・シチリア物語』に限らず、ピランデッロの短篇からは多くの映画が生まれている。同じタヴィアーニ兄弟によって『笑う男』も一九九八年に映画化されているし（日本では、二〇〇一年のイタリア映画祭で公開）、時代が前後するがデ・シーカ監督の『旅路』（一九七四年）、ベロッキオ監督の『乳母』（一九九九年。これも二〇〇一年のイタリア映画祭で公開）など著名映画監督によるものだけでもいくつもの作品が映像化されている。また、かの名優ヴィットリオ・ガスマンが『花をくわえた男』（短篇「貼りついた死」）を演じたものもあるが、動きがほとんどないなか、表情と台詞回しだけでピランデッロの死生観が忠実に表現され、見事としかいいようがない。

そのほか、ナポリの喜劇俳優トトやエドゥアルド・デ・フィリッポなどもピランデッロの作品を演じている。こうした映像を見ていると、やはりピランデッロ作品が「笑い」とは切っても切れない関係にあることがわかる。問題は、古代ローマ時代から連綿と受け継がれてきた雄弁の文化と結びついた〝ウモリズモ〟を日本語におきかえたときに、はたしてどこまで通用するのか、という点である。同じくイタリアの劇作家で、ピランデッロとは種類もテイストもまったく違うが、やはり独特な〝ウモリズモ〟の戯曲を書き、自ら演じるダリオ・フォの作品が、一九九七年にノーベル賞を受賞したにもかかわらず、なかなか日本の読者が手にとれるような形にならないのも、おそらくこのあたりに原因があるだろう。ダリオ・フォの場合には、〝ウモリズモ〟に風刺が加わるので、さらに翻訳が厄介だ。

そういえば、ピランデッロは役者だけでなく翻訳家に対しても疑問を呈していた。翻訳とは、「とある土地に生え、その気候で花ひらいた樹木を、その土地ではない別の土地に移植するようなものだ。新しい気候にさらされた樹木は、本来の緑を失い、花も散ってしまう。緑とは葉、つまり生まれながらにして持つ言葉であり、花というのは、その言語に特有の美しさや、その言語の持つ本質的な調和《ハーモニー》のことであり、真似が不可能なものだ」(『挿画家、役者、翻訳家』より)。残念ながら、これに反論する術《すべ》はわたしにはない。たしかに、あのガスマンの口から流れ出るイタリア語の台詞の「美しさ」も、「本質的な調和」も、わたしが訳した「貼りついた死」の台詞のなかには見当たらない。

それでも、ピランデッロの〝ウモリズモ〟を日本という土地に移植することによって、新たに生まれるものはあるにちがいないし、あると信じたい。

翻訳からは少し話が逸れるものの、おもしろい例が、小松左京の「流れる女」だ。これは、「日本の美しい魔女たちの復元」として、小松左京が四十代のはじめごろに書いた短篇「女シリーズ」の一編なのだが、よく見ると、「――L・ピランデルロの戯曲“Cosí é, se vi pare”より――」という副題が添えられている。つまり、「フローラ夫人とその娘婿のポンツァ氏」の戯曲版を下敷きとして書かれた短篇というわけだ。戦後の日本の、とある「色街」の精緻な描写から始まるために、読みはじめはその副題に違和感を覚えるが、やがて意図が明らかになる。「ポンツァ氏と暮らしている女性は、果たしてフローラ夫人の娘なのか、後妻なのか」というピランデッロの問いを、小松左京はさらにふくらませ、「すらりとした肩の線に仇っぽさのただよう後姿」の女性が、私が恋する「おゆきさん」なのか、義父が結婚するという「寂由さん」なのか、息子の一郎が紹介したいと言っている芸者「雪絵」なのかと問いかけるのだ。これほど純日本的な作風の短篇のインスピレーションの源が、実はピランデッロにあるというのは、なかなか愉快なことだ。

ピランデッロの作品が日本という土地で結んだ、異色の果実である。

本書を訳すにあたっては、いつもながら多くの方々のお世話になった。シチリアを舞台にした作品には欠かせないシチリア方言の発音を丁寧に教えてくれた、パレルモ出身のヴィンチェンツォ・スピヌーソさん。倒置が多用され、複雑に絡み合うピランデッロのイタリア語を読み解く手助けをしてくれたマルコ・ズバラッリ。二人の力添えがなかったら、この短篇集はこのような形にはならなかっただろう。

また、途中で挫けそうになっていたわたしに、折にふれて、「ピランデッロ、楽しみにしています」と声をかけ、待ち続けてくださった光文社翻訳編集部の皆さんと、これで五冊目となるイタリア短篇シリーズの第一弾からずっと、貴重な助言とともに編集の労をとってくださっている川端博さん。原稿がスムーズにまわるよう細かな気配りをして下さった小都一郎さん。皆さんに心より感謝いたします。

二〇一二年　晩夏　　関口英子

kobunsha classics
光文社古典新訳文庫

月《つき》を見《み》つけたチャウラ
ピランデッロ短篇集《たんぺんしゅう》

著者　ピランデッロ
訳者　関口《せきぐち》英子《えいこ》

2012年10月20日　初版第1刷発行
2025年3月30日　第3刷発行

発行者　三宅貴久
印刷　大日本印刷
製本　大日本印刷

発行所　株式会社光文社
〒112-8011東京都文京区音羽1-16-6
電話　03（5395）8162（編集部）
03（5395）8116（書籍販売部）
03（5395）8125（制作部）
www.kobunsha.com

落丁本・乱丁本は制作部へご連絡くだされば、お取り替えいたします。
ISBN978-4-334-75258-3 Printed in Japan

いま、息をしている言葉で、もういちど古典を

長い年月をかけて世界中で読み継がれてきたのが古典です。奥の深い味わいある作品ばかりがそろっており、この「古典の森」に分け入ることは人生のもっとも大きな喜びであることに異論のある人はいないはずです。しかしながら、こんなに豊饒で魅力に満ちた古典を、なぜわたしたちはこれほどまで疎んじてきたのでしょうか。

ひとつには古臭い教養主義からの逃走だったのかもしれません。真面目に文学や思想を論じることは、ある種の権威化であるという思いから、その呪縛から逃れるために、教養そのものを否定しすぎてしまったのではないでしょうか。

いま、時代は大きな転換期を迎えています。まれに見るスピードで歴史が動いていくのを多くの人々が実感していると思います。

こんな時わたしたちを支え、導いてくれるものが古典なのです。「いま、息をしている言葉で」――光文社の古典新訳文庫は、さまよえる現代人の心の奥底まで届くような言葉で、古典を現代に蘇らせることを意図して創刊されました。気取らず、自由に、心の赴くままに、気軽に手に取って楽しめる古典作品を、新訳という光のもとに読者に届けていくこと。それがこの文庫の使命だとわたしたちは考えています。

このシリーズについてのご意見、ご感想、ご要望をハガキ、手紙、メール等で翻訳編集部までお寄せください。今後の企画の参考にさせていただきます。
メール　info@kotensinyaku.jp